삶은 언제 예술이 되는가

작가수업 1

삶은 언제 예술이 되는가

김형수 지음

아시아

오래 품고 있던 것을 책으로 묶는다.

여기 '작가수업'이라 하여 펼치는 이야기들은 내가 대학 일대에서 15년 넘게 강의를 하면서 얻은 것이다. 문학에 대해, 시·소설·평론, 또 교양·이론·실기 등의 담화를 나누다 보면 늘 돌아가게 되는 자리가 있었다. 쓰는 일과 사는 일이 어떻게 닮아 있는지, 글쓰기의 굽이굽이에서 소용되는 이론들이 애초에 어떤 맥락에서 불거져 나왔는지, 그걸 확인하면 어렵던 것이 정말 감쪽같이 쉬워지곤 했다. 그러니까 '문예창작 원론'이라 할 만한 것이 있다는 말이요, 그것이 인생론을 닮았다는 말이다. 모든 지식이 그러하듯이 문학 역시 긴 역사 속에서 형성된 숱한 개념들을 거느린다. 개념이란 실상 '인식의 도구'에 불과한 것, 그게 이론의 진열장에서 뛰쳐나와 창작 실제에서 요긴해지려면 누군가의 육화된 경험으로 재구성되는 걸 엿봐야 할 것이다. 나는 제반 이론을 창작자의 눈으로 읽고, 지식보다 가치관을 얻으려 노력해 왔다.

말로 했던 것을 글로 옮기다 보니 강의실에서 사용했던 표정과 어투와 몸짓들이 대거 사라지고 말았다. 꽤 많은 내용이 여백의 숨결을 타고 교감되었음을 생각하면 많이 아쉬운 대목이다. 또한 내가 생각하는 내용은 도합 세 토막에 이르나 편의상 하나하나 떼어놓지 않을 수 없었다. 본문에서도 밝히고 있지만 그것들은 제1부 문학관, 제2부 창작관, 제3부 작가관이 모두 회전되어야 일단의 매듭이 지어진다. 그 중 이 책 〈삶은 언제 예술이 되는가〉는 제1부 문학관에 속하는데, 창작에 필요한 예비지식들과 그 가치관에 할애되어 있다. 뒤따라야 할 제2부는 창작 실제에서 부딪치는 문제들을 다룬다. 나는 이를 〈삶은 어떻게 예술이 되는가〉라는 제목으로 머지않은 날에 출간할 예정이다. 그리고 한 사람의 작가로서 세계를 헤쳐가자면 어떻게 사는 것이 문학의 이름에 값하는가를 살펴볼 작가관은 앞의 두 책이 의미를 얻은 후에 정리해볼까 한다.

책을 내려고 보니 내내 머릿속에 맴도는 선배가 있다. 오월시 동인으로 활동하던 이영진 시인에게 얻은 빛이 내 소견의 곳곳에 드리워져 있다. 그 분이 주관하던 매체에 투고하여 데뷔한 뒤 실로 얼마나 많은 이야기를 듣고 배웠던가. 여기에 옮겨놓는 이야기의 상당양이 선배와의 대화를 통해 만들어졌음을 밝히며 마음 속 깊이 감사드리고자 한다.

끝으로, 늘 든든한 배후가 돼주었던 아내가 병마와 일대 격전을 치르는 중에 원고를 정리했다. 출간하려고 보니 첫 문장을 옮기던 마음이 또 다시 생각난다. 이게 그녀 숙자에게 보탬이 된다면 얼마나 좋을까? 안 그렇더라도 언제나 늠름하던 그 모습 그대로 어서 나의 가난 속으로 복귀하기를 바라는 마음이 간절하다.

2014년 늦은 봄

차례

문단으로부터의 리포트

첫사랑

안녕하세요?

저는 전남 함평에서 1959년 초봄에 태어났습니다. 이미자의 〈열아홉 순정〉과 동갑입니다. 그 해 신춘문예로 신동엽 시인이 등장해서 「이야기하는 쟁기꾼의 대지」하고도 나이가 같습니다. 이것들이 50주년 행사를 한 게 언제입니까? 1985년 시로 등단하여 1988년 평론을, 1996년 소설을 함께 쓰고 있습니다. 하지만 시골 태생이고, 가방 끈도 짧으며, 탐구열도 보잘 것 없어요. 제게서 심오하거나 현란한 표현이 나올 확률은 거의 없습니다. 필기 같은 거 하지 말고 그저 편안하게 들어주시면 고맙겠습니다.

오늘 이야기는 프롤로그에 속하는데, 작가가 되기 위한 공부를 어떻게 하는 게 좋을지 피력하는 자리라 여기시면 되겠습니다. 도대체 우리는 왜 문학을 하려고 마음먹게 되었을까, 혹은 인간은 언제 문학에 욕심을 내기 시작할까, 아마도 이런 지점을 초심이라 할 텐데, 저의 그곳을 짚어보는 게 참고가 되지 않을까 합니다.

저는 문학을 꿈꾸게 된 동기가 상당히 한심합니다. 20년 전에 첫 시집을 내면서 후기에 썼는데요, 어렸을 때 말더듬이 아주 심했습니다. 고등학교 때까지 그래서 말이 꼭 필요한 지점, 누구와 싸우거나 억울한 일이 생겼을 때 그렇게 속상할 수가 없었어요. 신체 조건도 열악한 편이라 상대를 주먹다짐으로 꺾어놓을 수도 없습니다. 말의 능력도 떨어지고 기운도 모자라니 뭔가 다른 것에 관심을 쏟을 수밖에요. 돌이켜보면 하늘이 이를 가엾게 여겼음이 틀림없어요. 이 목숨을 시골이긴 하나 장터 한복판에 떨어뜨려 준 덕에 천지가 온통 글자로 넘쳐나는 것을 보았습니다. 어려서 청소할 때마다 귀찮은 상표 딱지 같은 것을 보면서 상당히 빨리 글자를 깨우쳤던 것 같습니다. 그래서 이런 소개가 가능합니다. 말을 못해서 글을 먼저 익힌 사람!

사실, 글자를 아는 것만으로 문학을 탐할 수 있는 것은 아닙니다. 글자가 아니라 말씀에 새겨진 문학을 구비문학이라 하고, 인류가 가꿔 온 문학의 역사가 경이로울 만큼 풍요로운 구변(口辯) 문화에 빚을 지고 있다는 사실을 보더라도 문자의 빈곤으로 문학이 가난하거나 반대로 문자를 잘 다룬다고 문학을 잘 하거나 한다고는 보지 않아요. 하지만 말을 더듬기 때문에 글자의 은밀한 운동 능력을 포착할 수 있었던 것은 사실입니다. 초등학교 2학년 때였습니다. 큰형님이 군대에 갔는데, 그로 인해 어머니가 많이 아프셨어요. 가사 노동도 크게 늘고 첫 아들이라 걱정도 커서 그랬는지, 몇 날을 끙끙 앓아서 제 가슴도 굉장히 아팠습니다. 그래서 마침내 "백설이 분분히 내리는 날에……"로 시작되는 이상한 편지를, 글씨를 쓸 줄 모르는 '글자 맹(盲)' 어머니하고, 글에 담을 내용을 모르는 '문학 맹'인 저하고 둘이서 합작하여 큰형님 부대의 중대장님께 보냈습니다.

심란하지요? 헌데 그게 아닙니다. 제가 쓴 편지가 가고 보름쯤 후에 큰형님이 특별휴가를 나왔어요. 중대장님께서, 너는 동생의 편지를 받고 보내는 거니 집에 가서 얼마나 건강한지를 보여드리고 와라, 이랬답니다. 깜짝 놀랐어요. 제가 이곳에서 제 마음을 정성껏 글자에 담아서 전달을 하면 그것이 나의 상상력이 미칠 수 없는 머나먼 어떤 곳에 가서 내가 원하는 무슨 일인가를 만들어 낼 수 있다는 엄청난 사실을 처음 확인했을 때 그 위대한 문학적 기적이 얼마나 전율스러웠는지요? 그 후로 저는 속수무책일 때마다 글이라는 무기를 생각하게 되었습니다.

그런 사례가 중학교 수학여행인데요. 산골 동네에서 바깥 세계가 어떻게 생겼는지를 한 번도 구경하지 못한 촌놈들에게 수학여행이란 정말 얼마나 가고 싶은 꿈입니까? 집안 동태를 아무리 살펴도 그런 한가한 여행을 보내줄 형편이 안 됐어요. 버스 한 대에 남학생과 여학생이 오붓하게 타서 2박3일 동안 도(道)의 경계를 몇 개씩 넘어다닐 생각을 하니 견딜 수 없었습니다. 그래서 몇 날 며칠을 연구하고 궁리하다가 비상수단을 사용하게 됐습니다. 지금 생각해보면 얼마나 우스운지, 서울에 돈 벌러 간 누나 두 분(다 이십대 초반이었어요)의 애인들에게 편지를 썼습니다. 훗날 틀어지지 않고 결혼했기에 망정이지 얼마나 망측한 풍경입니까? 한 통은 큰매형님께, 또 한 통은 작은매형님께 담뿍 진정을 담아 올렸더니, 두 분이서 경비와 용돈, 그리고 너무 촌스럽게 다니지 말라고 옷가지를 살 돈까지 보내주었습니다. 꽤 많은 이웃들이 그렇듯이 저희 가족들도 가난했을 때 외로웠던 기억들을 못 잊어서인지 서로에 대한 따뜻함보다 서운함을 더 많이 감추어두고 사는 편입니다. 그런 가족사회에서 저는 다복하게도 그런 서운함을 초월한 영토를 확보했는데, 두 매형에 의하면 제가 그 편지를 쓸 때 억눌러 참던 손끝의 떨림이 얼마나 생생히 전해왔는지, 그리고 그것이 어떻게 잊히지 않고 오래 오래 남아있었는지 마음으로부터 이 처남이 버려지지 않았다고 설명을 합니다.

어쨌든 이렇게 해서 저는 최초의 문학적 자의식, 즉 표현에 대한 관심을 지니기 시작했습니다. 이제 이것이 어떻게 변천해 왔는지 소개해 올릴까 합니다. 어떻게 보면 모든 개인의 역사 안에 인류의 발자취가 함축되는 느낌이 드는데, 문학에 대한 저의 관심도 인류문학사의 흐름을 일견 반영하면서 변화되었습니다.

돌이켜보면 제가 문학, 혹은 예술, 혹은 미의식에 대해서 확보한 최초의 틀은 전혀 예기치 못한 곳에서 만들어졌습니다. 저희 동네가 장터라고 했지요? 그 면소재지에서 근대를 체험할 수 있는 곳이 학교를 빼고는 단 한 곳밖에 없었습니다. 이발소! 장터 외곽 언덕의 이발소에 가면 대형 유리거울(이게 근대적 자아를 부추기는 연장이었다고 말하면 지나칠까요?)이 있고, 또 기계로 된 마술의자가 있죠. 핸들을 어떻게 돌리면 등받이가 뒤로 눕혀지고 반대쪽으로 돌리면 다시 일어서며, 또 어느 쪽을 밟아대면 키가 작아지거나 높아지는, 그런 의자에서 키를 한껏 높이고도 모자라서 널빤지를 깔고 앉게 하여 이발사가 머리를 깎습니다. 이때 머리카락을 잘라내는 도구가 바리캉이라 하는 기계인데, 날이 무뎌서 노상 쥐어뜯겼던 기억이 새롭습니다. 머리카락이 물려서 아얏 소리 지를 때 바로 정면에 푸시킨의「삶」이라는 시가 그려진 액자가 있었습니다.

"삶이 그대를 속일지라도 슬퍼하거나 노하지 말라."

겨우 글자를 터득할 나이에 그게 무슨 뜻인지 어떻게 알겠습니까? 헌데, 거기에서 어떤 느낌이 옵니다. 문자도 울림을 가져서 마치 멀리서 종소리가 들려와서 내 마음에 닿으면, 그게 기뻐하라, 슬퍼하라, 이런 의미로 다가오는 게 아님에도 마음과 마찰되면서 어떤 뜻을 만들어 냅니다. 이발소에서 빛나던 두 점의 액자(또 하나는 워즈워드의「초원의 빛」인데)야말로 제게 문학을 가르친 최초의 텍스트였던 거죠. 나란히 걷는 두 남녀의 발자국 네 개가 눈밭 위에서 소실점을 향하여 작아지다가 소멸해버리는, 귀를 먹먹하게 만드는 그림과 함께 사라져가는 시의 독자가 되었던 기억은 참으로 아련한 것입니다.
  하여튼 이것들로 인해서 저의 문학에 대한 최초의 관념은, 문학 혹은 예술은 뭔가 막연히 꿈같고 아련하며 어딘가 가슴을 시리게 하는 것으로 자리를 잡게 되었습니다. 뭔가 실용적이거나 계몽적인 게 아니라 그저 감상의 영역에만 속하는, 생산적인 활동보다는 소비와 휴식, 나아가 종교적 상태에까지 빠지게 하는, 세속을 벗어나는 도구라 생각하게 되었던 것입니다. 아마도 표현본능, 유희본능 같은 것이 예술의 근본 동력이라고 알게 모르게 믿었던 것 같습니다. 문학에 대한 저의 이 같은 생각은 제가 고등학생이 되어서 문예반 활동에 푹 빠질 때까지, 그리하여 시를 열심히 쓰고 바야흐로 신춘문예에 투고하는 버릇을 들일 때까지 계속 저의 문학관을 지배해왔습니다. 그래서 더러 무슨 내용인지 잘 모르지만 마냥 꿈 같이, 강가에서 새벽에 자욱이 피어오르는 안개처럼 삶의 풍경이 보였다 안 보였다 하게 만드는 풍경을 쓰고자 노력했던 것입니다.

그런데 어느 순간, 이 같은 생각을 송두리째 뒤엎는 사건이 밀려옵니다. 과연 인간에게 스물한 살, 스물두 살…… 이런 나이가 있다는 것은 얼마나 아름답고 위험한지요? 저는 하필 그 나이에 광주에서 '1980년 5월'이라 부르는 격류에 쓸려갑니다. 지금 생각하면 너무나 아찔합니다. 저는 농협 근무도 잠깐 했고, 도회의 술집에서도 일을 했으며, 학교생활보다는 고독한 글쓰기에 정신이 더 팔렸던 만큼 다른 학생들보다 먼저 세속화되고, 저잣거리의 난폭함도 먼저 접했습니다. 그래서 대학생들이 시위하는 풍경은 굉장히 철없어 보이는 행위였어요. 저 친구들은 뭐가 그리 마뜩찮아서 저러누, 저 친구들이 국회의원하면 세상이 좋아질라구, 저 친구들이 지도자가 되면 뭐가 도대체 얼마만큼 달라져서 이 난리를 치느냐, 이런 심사인데다, 나아가 문학은 뭔가 정치적인 것 경제적인 것 이런 것들을 추구하는 게 아니라 보다 영원한 가치를 꿈꾼다, 고로 나는 폭력보다 평화가 좋다, 생각했던 거지요.

자, 이런 상태에서 1980년 5월 18일 오전 열시에 기상하여 광주

계림동 헌책방 골목을 찾았습니다. 그 시절, 헌책방에 가면 《현대문학》이나 《사상계》 과월호를 권당 오십 원에 살 수 있었거든요. 그날도 그런 책들을 구하느라 거리에 나선 건데, 그곳에서 최초로 '1980년 오월의 시위대'를 만났습니다. 대부분 전남대생들이었고, 반대쪽에서 군인들이 뛰쳐나오는데, 제 기억에는 그때 이미 공수부대가 왔어요. 거리는 전쟁터가 되어서 학생들은 쫓기고 군인들은 쫓는 상황이 계속되었습니다. 저는 평화주의자니까 상관없다, 이것이 문학의 길이다, 이렇게 생각하고자 애를 썼습니다. 해서 태연하게 걸었는데 제 앞에서 할아버지가 푹 쓰러지는 거예요. 이거 뭔가 상황이 이상하다, 뭔가 내 생각과 세상의 진실이 다른가보다 하는 직감이 와서 저도 달아나기 시작했습니다. 그렇게 광주 시위대의 일부가 된 것이죠.

이 사건은 저의 문학적 태도에 굉장히 심각한 영향을 미쳤습니다. 그러니까 고등학교 문예반 시절에 수업도 빼먹고 당시 YWCA에 초청을 받아 온 소설가 최인훈, 시인 서정주 선생의 강연을 들으러 갔던 기억이 납니다. 서정주 시인은 신라 향가의 한 대목 "길 쓸 별 바래고……"라는 구절 이야기로 전체를 채웠습니다. 최인훈 선생이 택한 주제는 "문학은 어디에 쓸모가 있는가"였는데, 거리에서 쓰러져가는 거지에게 문학은 무엇인가, 거기에 무슨 일을 할 수 있는가, 물론 답은 "없다"였습니다. 문학은 거리에서 아무것도 할 수 없는데, 그럼에도 불구하고 중요하다, 여기서 왜 중요하다고 했는지는 기억에 없습니다. 하여튼 문학이 무기력하다고 했던 말에 다들 쓸쓸한 반응을 보였던 것만 생각나는데, 쫓기는 시위대 속에서 저에게는 그것이 큰 고민거리가 되었습니다. 문학은 세상에서 어떤 역할을 맡는지, 상식과 진실이 일치되지 않을 때 글을 쓰는 사람은 어떻게 해야 하는지, 이것이 당시 제가 떠안은 지상의 질문이었습니다.

그 무렵에 많이 읽힌 김학준 지음 『러시아혁명사』를 펼치면, 제 기억이 틀리지 않다면 속표지의 앞장, 증정사를 넣는 자리에 좀 이상한 문구가 있었습니다.

"참다운 지식인은 정치 밖에 서 있을 수 없다."

뭔가 중요한 메시지라는 생각이 들었어요. 개인이 자기 혼자서 평화주의자라고 외쳐도, 가령 바그다드에 미군폭격기가 포탄을 떨어뜨리면 그곳에 사는 사람은 평화주의자이거나 말거나 아이거나 어른이거나 남자거나 여자거나 피해를 입습니다. 5.18 현장에서 제가 느낀 게 이것 "정치 바깥에 서 있을 수 없다"였습니다. 김정환 시인이 썼던 표현인데, "전쟁의 반대말은 평화가 아니라 일상이다"라는 말을 뼈 속까지 느꼈다고나 할까요? 어떤 지역이 분쟁 지대가 되면 평화가 붕괴된 공동체의 모든 인간은 야만적인 상황에 처할 수밖에 없습니다. 임산부의 뱃속에 들어있는 아이도 정치적 야만의 포로가 됩니다. 이때 문학이란 무엇인가, 세상은 왜 문학을 키우는가, 작가는 자기가 속한 공동체와 어떤 관계를 맺어야 하는가? 이런 것들이 저의 문학청년 시절을 뿌리째 흔들어댄 것입니다.

이때 고민을 푸는 실마리로 사용된 것이 로버트 카파의 전쟁 사진들이었습니다. 『카파의 손은 떨리고 있었다』라는 책도 있습니다만, 그가 제2차 세계대전을 고발했던 사진들을 보면, 저걸 찍을 시간에 가서 구출하면 죽지 않을 것 같은 장면들이 많습니다. 그 시간에 셔터를 눌렀다고 보면, 공과 사를 구분하기에 따라서 윤리적으로 상당히 문제가 있어 보일 수 있습니다. 허나 그가 사진을 찍는 대신에 쓰러져 가는 사람을 부축했다면 몇 사람을 살렸을 테지만 세계평화에 기여하는 바는 미미했을 겁니다. 그의 치열한 앵글은 전쟁의 참화를 고발했고, 그로 인해 제2차 세계대전 이후에 대전쟁은 잘 일어나지 않을 뿐더러 일어나도 수없이 많은 세계 시민의 성토와 감시를 피할 수 없게 되었습니다. 저는 5·18 현장에서, 카파는 쓰러져 가는 소수를 살리는 일에 열정을 쏟은 게 아니라 전쟁이라는, 인간 사회의 뿌리 깊은 패악의 근원을 없애는 일에 도전했구나, 생각했습니다. 이래서 글을 쓰는 자는 자기 공동체의 미래와 한 몸이 되어야 한다, 그것이 문학이고, 그것이 작가의 존재 의의이다, 생각했습니다. 한 마디로 말해서 계몽성의 발견이 이루어졌던 것입니다.

　문학의 계몽적 가치를 발견한 후에 저는 나날이 변했습니다. 그전까지 막연히 꿈과 아름다움을 공작하는 세속 외적 행위로서의 문학은 제게서 폐지되어야 했습니다. 이게 결과적으로 잘된 일인지 못된 일인지 알 수 없습니다만, 어쨌든 저는 문학의 계몽적 가치에 사로잡혔던 시기에 데뷔하여 아홉 권 정도의 책을 모두 그 속에서 출간했습니다. 즉 '운동권 문학을 하는 사람'이 된 겁니다. 그런데 더 살아보니 절대적 가치라고 여겼던 것도 뒤집히는 시간이 왔습니다.

세계에 대한 명명자로서의 작가

　제가 마흔 살이 되는 해에 썼던 소설의 제목이 「그 이발소에 두고 온 시」인데요, 생의 어떤 굽이에서 생산적인 회의에 빠지는 것을 긍정하는 이야기입니다. 우리는 어떤 때 자아의지에 도취하여, 나는 지금 매우 훌륭한 지점에 도달했고, 이제 문턱만 넘으면 천국이 내 것이 된다, 여길 때 사실은 지옥의 문 앞에 서 있고, 정반대로, 내 앞은 온통 천 길 낭떠러지뿐이어서 더 이상 재생의 여지가 없구나, 싶을 때 사실은 천국의 문턱 앞에 놓이는 경우가 굉장히 많습니다. 적절한 비유는 아닙니다만 어렸을 때 자전거를 배우면서 안장에 오르지 못하고 수없이 넘어지고 무릎이 깨지다 못해, 아, 나는 천부적으로 자전거에 오르는 재능이 없는가 보다 하면서 포기하던 밤이 생각납니다. 나중에 알게 된 사실입니다만 나뿐 아니라 다른 친구들도 다 그렇게 생각한 다음날 자전거 안장에 올랐습니다. 어떤 일을 성취했다고 생각할 때 위기를 맞고, 절망한 연후에 성취를 얻는 그런 상황들을 돌이켜보면서, 때로는 신념이 인간을 얼마나 어리석게 하는가, 그로 인해 삶은 얼마나 황폐해 지는가 하는 생각이 들었습니다. 인간은 흔들리면서, 뼈아프게 후회하면서, 자기 성찰의 낯 뜨거운 시간들을 견디면서 조금씩 완성되어 간다는 생각을 하면서 저는 슬그머니 계몽주의로부터 독립해 나왔습니다. 자기 시대를 껴안고 공동체와 더불어 뒹굴고 이웃과 연대하는 노래를 앞장서 부르는 것이 굉장히 뜨겁고 아름다운 가치이지만, 그것을 절대화, 혹은 신념화 하다 보면 생산적 회의를 놓쳐버리는, 굉장히 곤란한 상황에 처한다는 생각을 하면서 문학에 대한 생각 또한 바뀌게 됩니다.

이제 문학은 존재의 저 뒤쪽 어디에 있는 것들을 명명하는 것이고, 작가는 무슨 가치를 전달하는 자가 아니라 세계의 무엇을 명명하는 자이다, 라고 생각하고 있습니다. 명명(命名)이란 이름을 부여하는 행위입니다. 고은 시인의 말씀 중에 들었던 건데, 이름(名)에는 저녁 석(夕)자 밑에 입 구(口)자가 놓여 있습니다. 이름은 환하고 밝은 상태에서는 별로 사용되지 않는 것입니다. 눈짓, 손짓, 발짓 따위로 통하는 곳에서는 없어도 되는 것처럼 느껴지기까지 합니다. 그러나 해가 기울고 저녁이 되면 동네 아이들의 목청이 높아집니다. 친구들의 이름을 부르는 소리로 마을 어귀가 가득 차지요. 이렇게 어두울 때, 명백히 존재하는 것이 어둠 속에서 보이지 않을 때, 김춘수의 시에 "처음에는 하나의 몸짓에 지나지 않았던 것이 내가 꽃이라 불러주니 내게로 와서 꽃이 되었다" 하는 것처럼 누군가의 명명에 의해서 의미를 되찾습니다.

예를 하나 들어보겠는데요, 어머니가 제게 자주 하시는 말씀이,

"너는 날 때부터 효자였어야."입니다. 제가 태어난 때가 하필 일 년 중 가장 고약하고 재미없는 날씨들이 이어지는 때입니다. 겨울도 아닌 것이 눈발을 뿌리고, 그 아래 보리밭은 파릇파릇 숨을 쉬는데, 그 매섭고 앙칼진 날씨에 보리밭을 매는 게 얼마나 손이 시리고 배가 고프던지, 그날은 딱 한 시간만 먼저 끝나고 돌아가면 원이 없겠다, 그 다음에는 무슨 일이 있어도 달게 참겠다, 싶었답니다. 오후가 되자 그게 한층 간절해지는데, 이상하게 별로 아프지도 않게 산기(産氣)가 찾아왔답니다. 그래서 만삭의 배를 가리키며 기척이 느껴진다 하니까 다들 등을 떠밀어서 쫓기듯이 일찍 들어왔대요. 염치가 없어서 저녁상을 차려놓고 혼자서 아랫목을 차지하고 누워 있다가 시어머니가 돌아왔을 때 감쪽같이 저를 낳았다는 겁니다. "세상에 나오면서 배도 안 아프게 했어야." 이 말이 생각날 때마다 축복받은 느낌이어서 우주에게 얼마나 고마워지는지요. 하여튼 천방지축의 망아지처럼 고약한 날씨를 제대로 골라서 태어난 덕분에 어머니에게 두고두고 효자 소리를 들었습니다.

자, 이 날씨를 한 번 생각해 봅시다. "봄볕에 그을리면 보던 님도 몰라본다" 하는 속담이 왜 있는가 하면 바람은 차고 햇볕은 포근합니다. 자연과 거리두기를 할 수도 없고 안 할 수도 없는 지겨운 날씨, 모든 계절의 미덕을 하나도 갖지 못한 이 앙칼진 추위야말로 계절 중에서 가장 짜증이 나는 것인데, 누군가 이를 꽃샘추위라고 명명했습니다. 그 순간 우리는 마술을 경험하게 됩니다. 한국인이 알고 있는 날씨 용어 중 가장 예쁜 이름을 갖게 된, 이 네 글자로 인하여 얄

미운 날씨가 가장 아름다운 것으로 단번에 역전됩니다. 생물의 기나긴 여정 속에서, 자연과 천체의 운행 속에서 이 앙칼진 날씨가 구원처럼 놓여 있음을 알게 되지요. 겨울이 아무리 싫어도 꽃샘추위를 맞아야 벗어날 수 있고, 봄이 아무리 그리워도 꽃샘추위를 건너야 만날 수 있습니다. 이거 근사하잖아요? 이게 바로 명명의 힘이 아닌가 합니다.

밀란 쿤데라가 했던 말입니다만, 인간은 사춘기가 무엇인지 모르면서 사춘기를 맞고 어른이 무엇인지 모르면서 어른이 되며 늙는 게 무엇인지 모르는 채 늙음을 맞습니다. 존재의 저 뒤쪽에 가득 찬 삶의 동작 요소들이 우리들의 운명을 매 순간 새롭게 결정짓는 것을 우리가 어떻게 다 알고 삽니까? 인간의 운명을 결정하는 것이 대단한 것들일 것으로 생각하기 쉽지만 사실은 계단을 내려오다가 발을 삐끗해서 자동차 사고를 피하거나 기분이 너무 좋아서 빨리 걸었다가 재앙을 입거나 하는 것들이 이루 셀 수 없이 많이 모이고 모여서 한 인간의 생애를 구성합니다. 삶이라는 것은 이렇게 수없이 많은 찰나와 찰나들의 연쇄작용이어서 오늘 우리가 왜 이 자리에 놓이게 되었는지를 설명하자면, 그러게 운명이었다, 하는 말밖에는 들이밀 것이 없게 됩니다. 위대한 의학자와 훌륭한 사회학자와 또 최고의 실력을 가진 수학자들이 모여서 인간에게 작동되는 현상들을 모아다가 통계와 수치와 각종 분석틀을 활용하여 가령 젊었을 때 고생한 사람이 늙어서 잘 산다, 혹은 그 때문에 뒤틀려서 악한 사람이 된다, 식의 공식을 만들어 본들 그것이 지상의 몇 사람이나 설명할 수 있겠습니까? 단언하건대 60억 인구 중에 단 한 명도 공식에 적용되는 사람은 없습니다. 그래서 우리는 존재의 저 뒤쪽 어디에 하나의 몸짓에 불과한 것들이 놓여 있다가 누군가 꽃이라 불러주니 그것이 우리 앞에 돌아와 꽃이 되는 현상을 발견하고 문학의 이름으로 그러한 일을 나누게 된 게 아닌가 합니다.

그럼 이제 훌륭한 명명자가 되기 위하여 어떤 준비를 해야 하는지, 공부가 필요하다면 범위가 어떻게 되는지 하는 것을 이야기할 차례가 된 것 같습니다.

문학적 생애를 피곤하게 하는 미신들

  문학을 하기 위한 수업은 어떻게 하는 게 좋은가? 이는 참 어려운 질문입니다. 문단에서 들어보면 작가 수업을 통해 형성된 문학적 가치관이 문학적 생애를 피곤하게 만드는 경우는 아주 흔합니다. 가령, 톨스토이의 『인생』이라는 책을 보면 서두에 물레방아지기 이야기가 나옵니다. 물레방아지기는 아버지도 물레방아지기였고, 그 아버지도 물레방아지기였고, 그 아버지의 아버지도 물레방아지기였습니다. 대를 이어서 물레방아지기인지라 물레방아를 잘 알아서 고장 나면 쉽게 고치고는 했어요. 어느 날 탐구심이 발동해서 물레방아가 움직이는 힘은 어디에서 오는지, 물레방아의 비밀은 어디에 있는지를 찾기 시작합니다. 물레방아의 축대부터 살피는데, 힘이 발생될 만한 곳이 없어요. 피대에도 옹이에도 축대의 이음새에서도 바퀴를 돌리는 힘은 만들어지지 않습니다. 결국 물레방아를 움직이는 힘은 어디에선가 전달되어 오는 것임을 알게 된 거지요. 그래서 거듭 관찰한 끝에 물레방아를 움직이는 힘이 강물의 흐름에서 나온다는 답을 얻습니다. 아주 중요한 발견이지요. 그런데 그때부터 물레방아가 고장 나면 고칠 수 없게 됩니다. 원인을 매번 강물의 흐름에서 찾기 때문입니다. 모든 답을 원론적으로 구하는 것, 그것은 매우 근원적이고 지적인 태도인데, 문제는 그런 훌륭함이 그를 무능력하게 만든다는 점입니다. 아마도 지식이 인간의 실천에 합리적으로 작용하지 못하고 오히려 문제를 꼬이게 만드는 사례가 아닌가 생각합니다. 문학수업에서도 그 물레방아지기처럼 이상한 신념이 형성되는 수가 있습니다. 어떻게 보면 저마다 하나씩 그러한 유형의 문학적 신앙을 가져서 그에 어긋나는 것을 한 발치도 벗어나지 않고, 추호의 의심도 없는 길을 가려 합니다. 그것을 크게 세 가지 유형으로 살펴볼 수 있습니다.

우선 하나가 학교교육에 의해 형성된 가치관들입니다. 우리가 초등학교 중학교 고등학교 교실에서 문학에 대해 별로 배우지 않는 것같지만 사실은 엄청난 양의 학습을 합니다. 그런데 학교에서 제공받는 문학수업에 꽤 심각한 문제가 내포되어 있습니다. 문학을 언제나 분석의 대상으로 생각하도록 길들인다는 것입니다. 살아 움직이는 세계를 분석적으로 접할 때 부딪히는 문제를 염상섭이 말한 '표본실의 청개구리'에 비유할 수 있어요. 살아있는 청개구리의 심장을 보아야겠는데 해부를 하면 죽은 심장이 되고 해부를 하지 않으면 심장을 볼 수 없게 됩니다. 문학작품을 해부학적으로 취급해서 생겨나는 대표적인 잘못이 주제 찾기일 거예요. 예를 들어서 김소월의 「진달래꽃」을 지목하여 학교에서는 꼭 '이별의 정한'을 그린 시라고 가르칩니다. 요즘 아이들도 김소월의 「진달래꽃」을 넘기면서 '이별의 정한'이라고 줄줄 외워요. 그래서 왜 헤어짐을 노래한 시라고 생각하는 가? 혹시 만남을 노래한 시라고 생각해 볼 수는 없는가 물었더니, 자다가 봉창을 두드리는 사람을 보듯이 봅니다. 그러나 저는 아무리 다시 생각해도 이건 만남의 언어이지 헤어짐의 언어가 아닙니다. 예를 들어볼게요. 내 앞에 눈이 멀도록 좋은 사랑이 나타났어요. 나는 저 사람이 너무너무 좋아요. 너무나 많이 좋아서 오직 잘해주고 싶은 마음뿐이니 이 순간이 소중하고 간절하며 영원했으면 한이 없겠어요. 그러나 만남 속에는 반드시 이별의 자리가 예비 되어 있습니다. 싸워서 헤어지든 죽어서 헤어지든 모든 인간은 필히 헤어지게 되어 있는 거죠. 헌데 헤어질 때 아름답게 물러가는 경우는 드뭅니다. 싸우거나 매달리고 징징 울며 원망하거나 하는데, 그 때문에 한때 숭고하기 그지없던 시간들이 참담하게 변질이 되고 맙니다. 너무너무 행복하기 때문에, 헤어질 때도, 내가 싫어져서 나를 떠나갈 때도, 저 사람에게만은 추하게 매달리면서 징징거리는 사람이 되지 말았으면, 이 소중한 사랑의 시간들을 영원히 깨뜨리지 말고 간직했으면, 나를 떠나는 게 슬프기는 하지만, 인간은 때로 좋던 사람도 역겨워할 수 있는 것이니 그럴 때 밉게 굴지 말아야지…… 이렇게 다짐하고 있는, 이렇게 지극한 사랑의 마음을 가지고 있는 자를 창조한 시라고 보는데 어때요?

제 해석이 아전인수라고 생각하시는 건가요? 저는 굳이 이별의 정한이라고 읽는 것이 아전인수로 보입니다. 무엇으로 증명할 수 있는가 하면, 김소월이 쓴 다른 시들로 증명할 수 있어요. 「개여울」에서도 "가도 아주 가지는 않노라심은……"이라 노래하는 시인이 김소월입니다. 님이 떠나가도 내게 주었던 것들, 님이 남겼던 아름다운 시간들은 내 가슴에 고스란히 남아서 님이 없는 동안에도 두고두고 떠오르면서 무덤까지 함께 갑니다. 잡을 수 없는 것을 붙잡느라고, 세상의 이치를 억울하다고 거부하느라 망가뜨려야겠습니까? 김소월의 언어 뒤에 숨어 있는 이 대긍정형의 인간을 보지 못하고 표현의 거죽만 붙들다 보면 정반대되는 그림에 빠지고 맙니다. 완물상지(玩物喪志), 물(物) 때문에 뜻을 잃는 경우이지요.

이런 편향은 대학 강의실까지 따라갑니다. 〈정선 아라리〉의 가사 중에 "뒷산의 딱따구리는 없는 구멍도 잘 파는데 우리 집의 저 잡것은 있는 구멍도 못 판다네" 하는 다소 외설스러운 구절이 있습니다. 이걸 분석하여 "남편의 무능에 대한 풍자"라고 가르칩니다. 참으로 놀라운 학문의 우매함입니다. 풍자란 웃음으로 공격하는 것이고, 해학은 웃음으로 사랑하는 것인데, 웃음의 이쪽, 저쪽에 있다는 점에서 둘은 밀물과 썰물처럼 이웃으로 느껴지는 측면이 없지 않으나 사실은 정반대의 것입니다. 풍자는 공격의 무기이기 때문에 웃음이 상대를 적대시하고 치명상을 입히지만 해학은 놀리고 웃을수록 사랑이 깊어지는 친화의 최대 무기입니다. 만일 이 구절을 풍자로 읽는다면 그는 틀림없이, 아내가 남편을 적으로 대하는구나, 여기는 것이니, 그 아내를 위해 남편을 욕하고 흉보는 것으로 위안을 줄 수 있을 겁니다. 그러나 그것이 위안이 되기는커녕 "남의 남편 흉보지 말고 댁이나 잘 하세요" 하는 반응이 나온다면 앞의 분석은 형편없는 것이 되고 맙니다. 무엇으로 보입니까? 글을 쓰는 자의 입장에서 생각할 때 저는 이 가사의 본질이 신세타령인 것으로 사료됩니다만……. 교과서 식으로 언술하자면 "자아성찰의 표현"이라는 것이지요.

왜 이 같은 잘못이 생겨날까요? 물론 작품마다 다른 해석이 나올 수 있는데, 그렇더라도 가능한 범위와 유형이 있어야지요. 작가는 왜 글을 쓰는지, 문학은 무엇을 창조하는 것인지, 그 본질에 대한 설정이 달라져서는 곤란하지 않겠습니까? 어쨌거나 중요한 것은 문장의 거죽에 나타난 의미들을 해부학적으로 접근하는 것은 비평가적 기질을 향상시킬 수 있겠지만(사실은 그런 비평이 제대로 된 비평일 수 있겠습니까만) 창작의 역량을 기르게 하지는 못 합니다. 언제나 주제 지향적이고, 메시지 중심적이며, 의미망 위주의 인과율에 매달리게 하는 것, 이게 입시 위주로 단련된 학교 문학교육의 큰 문제점이 아닐까 저는 생각합니다.

그래서 우리나라의 예술교육은 '사사교육'에 의존하는 예가 많습니다. 사사란, 글을 잘 쓰는 분을 스승으로 삼아서 찾아다니며 가르침을 받는 경우입니다. 이 역시 상당히 유력한 것이긴 합니다만 체계화되지 못하는 한계를 보이는 예가 많습니다. 사사교육은 대체적으로 선생님에 따라 각기 미신숭배를 하듯 강조하는 게 있기 마련입니다. 제가 보기에 첫 번째가 "미쳐라!"입니다. 미치지 않고 도대체 무슨 문학을 할 수 있느냐? 일리 있는 말입니다.

저도 들은 건데요, 문학은 인간이 할 수 있는 일 중에서 대단히 어려운 것에 속합니다. 누구나 할 수 있지만 아무렇게나 할 수 없습니다. 문학은 세상의 무엇인가를 창조하고 변화시키는 데 문자행위밖에는 가지고 있지 않습니다. 아무런 보충 도구가 없어요. 당연히 엄청난 열정을 필요로 할 텐데, 그래서 미치기로 작정해도 무엇에 어떻게 미쳐야 하는지 표적을 찾기가 쉽지 않습니다. 나중에는, 내가 분명히 미쳤었는데 무엇에 미쳤던가? 왜 미쳐도 문학은 안 될까? 하게 됩니다. 저는 그래서 후유증을 겪는 사람을 많이 보았습니다. 어떤 분은 일부러 가정을 버렸다고 울면서 후회하는 것도 봤습니다. 김수영은「시여 침을 뱉어라」에서 시는 머리로 쓰는 것이 아니고, 가슴으로 쓰는 것도 아니고, 온몸이 온몸을 밀고 가는 것이다, 라고 말합니다. 가슴만 달구어서 되는 일이 아니라는 말은 미쳐서 되는 일이 아니라는 것을 뜻합니다. 문학은 삶에서 흘러나오는 것이요, 삶에 대한 그 어떤 표현도 삶을 망가뜨릴 만큼의 가치를 갖지는 못합니다. 인생은 짧고 예술은 길다는 말은 사람이 죽은 후에도 그 사람이 불렀던 노래가 여전히 살아 있다는 말이지, 삶보다 노래가 더 중요하다는 말이 아닙니다. 어떤 사람이 말을 잘한다고 시샘들을 하니까 공개석상에 나와서 답하기를, 나는 내 말의 설득력을 높이기 위하여 지난 수십 년 동안을 함부로 살지 않고 참아왔습니다, 하고 답하는 것을 본 적이 있습니다. 문학에 미치라는 말의 참뜻은 어쩌면 상식을 깨뜨릴 만큼 방탕한 시간을 보내라는 말이 아니라 입에서 쏟아내는 모든 언어가 숭고해 보일 만큼 설득력 있는 삶을 살라는 말로 해석되어야 옳은 게 아닌지 모르겠습니다.

　다음으로 사사교육의 문제 중에는 창작습관에서 불필요한 경계와 성역을 만드는 경우가 많습니다. 하나의 예를 든다면 "오직 사실만 써라, 본 대로 느낀 대로"가 진정한 문학이다 하는 것인데요. 1970년대부터 우리나라 어린이 글쓰기에 혁명적인 기여를 해온 이오덕 선생님의 주장도 사실은 여기에 일조한 측면이 있습니다. 이오덕 선생님이 강조한 '현실로부터'의 참뜻은 다시 말할 기회가 있으니 그때 하겠고요. 헌데 이게 과잉되어 이데올로기로 발전하면 조금 난처한 지점이 생기는 게 사실입니다. 가령 글짓기라는 말은 잘못되어 있으니 글쓰기로 고쳐 쓰자 하는 것이 그런 예인데, 우리가 쓰는 시나 소설은 글쓰기의 산물이 아니라 글짓기의 산물입니다. 문학은 창조 활동이지 현실을 모사하는 활동이 아니잖아요.

　그런가 하면 정반대의 주장을 하는 분들도 있습니다. 1980년대를 벗어나면서 1990년대 중반 이후에 우리 문학의 절대적인 키워드로 작동되는 것이 '상상력'이라는 말인데, 이게 굉장히 중요한 가치이긴 하나 이 역시 공식화 되어서는 곤란합니다. 젊었을 때는 오직 상상력에 의존하는 글쓰기를 하고, 자전적인 것은 가만히 두었다가 나중에 죽기 전에 딱 한 편 쓰는 거라고 설명하는 분도 있습니다. 막심 고리키는 『나의 문학수업』이라는 책에서, 내가 혼자서 만들어 낸 것은 내 소설의 어디에도 없다, 나는 세상에 있는 것을 모았을 뿐이다, 하는데 그러면 고리키는 틀린 방법을 선택한 것인가요? 오직 사실만 쓰라는 주장도, 또 오직 상상력에만 의존하라는 주장도 다 무의미한 얘기라고 생각하시면 됩니다. 실질적으로 작가들은 그런 걸 전혀 괘의하지 않거든요.

유사한 우상숭배가 한 가지 더 있는데, 그것은 1980년대 후반기의 문학이 경도되었던 것으로 문학의 계몽적 가치에 집착한 나머지 오직 주제의식만을 문학의 본령으로 삼으려하는 태도입니다. 박경리의『토지』2부가 완료된 후의 대담 자리에서 어느 평론가가 박경리 선생에게 묻습니다. "선생님은『토지』에서 어떤 사상을 그리고자 하였습니까?" 박경리 선생이 답합니다. "저는 사상을 그리려 한 게 아니라 평사리 사람들의 이야기를 하려 했습니다." 다시 묻습니다. "평사리 사람들의 이야기를 통해 어떤 사상을 전달하고자 하였습니까?" 답합니다. "저는 그 사람들 이야기를 통해서 어떤 사상을 전달하려고 한 게 아니라 그냥 서희, 길상이 등이 살았던 삶의 모습을 전하고 싶었습니다." 마치 플라톤의「대화」를 연상케 하는 이런 문답은 그 대담에서 내내 작가와 비평가 간의 차이로 작동합니다. 삶의 이야기를 한다는 생각과 어떤 사상을 펼친다는 생각이 결과적으로 그렇게까지 다른 것이냐 한다면 그렇지 않다고 말할 수밖에 없지만 창작을 시작하는 자리에서는 하늘과 땅의 거리만큼 다름이 분명합니다.

다시 말하지만 오직 사실만, 오직 상상력만, 오직 주제의식만 생각하는 것은 문학에서 굉장히 피곤한 우상숭배가 아닐 수 없습니다. 작가는 자기가 사용할 수 있는 모든 것을 사용해야 합니다. 직접체험 · 간접체험 · 지식 · 사상 · 공상 · 역사… 그 어떤 것도 금기해야 될 것은 없습니다. 우스갯소리인데요, 사람을 사귈 때 가려야 할 직업이 두 가지가 있답니다. 하나는 경찰, 하나는 작가. 경찰은 자기가 아는 사람을 언제나 수사 대상에 올리기 때문이요, 작가는 자기가 아는 사람을 작품에 묘사하여 그 사람이 감추고 싶은 것을 드러내기 때문입니다. 훌륭한 경찰은 의심을 잘 하는 사람이고, 훌륭한 작가는 관찰을 잘하는 사람이라는 뜻도 됩니다. 하여튼 대부분의 작가는 작품의 실감을 높이는 데 필요한 것이 발견되면 눈치 볼 것 없이 총동원하여 작품 속에 써먹으려 하는 습성이 있습니다. 가장 가까운 사람의 체험을 악역을 그리는데 쓰는 경우도 허다합니다. 전에 은희경의 『새의 선물』에 대한 창작 체험담을 읽은 적이 있는데, 작가가 어렸을 때 예뻐해 주었고, 본인도 좋아하는 동네 아주머니의 이미지와 일화를 악역을 그리는데 차용했던가 봐요. 아니, 나는 자기를 그렇게 사랑해주고 아꼈는데, 자기는 나를 이렇게 함부로 취급하고 있었단 말이야? 아마 이런 관계가 아니었나 싶은데 하여튼 그 일로 고향에 가지 못한다고 합니다. 독자는 아무도 오해하지 않으며, 그것은 단지 창작된 세계의 일로 여기련만 당사자가 그렇게 받아주지 않으니 어떻게 합니까?

이제 또 하나의 미신 숭배를 이야기하겠습니다. 그것은 "오직 많이 쓸지어다"를 외치는 다작의 주술입니다. 열심히 쓰지 않고 잘 쓰는 사람 봤습니까? 거꾸로 열심히 쓰는데도 안 되는 사람 봤습니까? 어떤 술자리에서 누가, 시를 잘 쓰려면 어떻게 하면 됩니까? 물으니 앞에 앉은 시인이 걸을 때도 밥 먹을 때도 잠잘 때도 시만 생각하면 자동적으로 잘 쓰게 된다고 답하는데, 딱 정답입니다. 헌데 그것을 많이 쓰는 것으로 환치하면 전혀 다른 오답이 됩니다. 예컨대 자녀 교육에 속수무책인 부모들이 항시 입에 달고 사는 말이 "공부해라" 입니다. 눈에만 띄면 공부하라고 보채는 것처럼 공부에 방해가 되는 말이 더 있을까 싶은데, 바둑을 예로 들어보겠습니다. 바둑을 아직 제대로 배우지 못한 초보자의 경우에 아주 쉽고 간단한 방법 하나를 알려주고 지키게 하면 대략 두 계단이 올라간다고 합니다. 무엇인가 하면, 손에 돌을 들고 있지 못하게 하는 겁니다. 가만히 빈손으로 있다가 상대가 돌을 놓거든 판을 찬찬히 읽어서 자기가 둘 자리를 눈으로 찾은 다음에 돌을 집게 하면 평소의 실력보다 두 급이 올라간다는 거예요. 그렇지 않고 손에 돌을 들게 놔두면, 상대방이 함부로 쳐들어오는 게 약이 오르니까 참지 못하고 곧장 두어버리는 습관이 길들여져서 영원히 자기의 능력보다 두 급이 낮은 실력을 안고 살아가게 됩니다. 그걸 보고 투석전이라고 하지요. 돌싸움을 하듯이 마구 두는 것. 헌데 투석전을 백 번을 해보는 것보다 이창호 같은 대가들이 혼을 담아서 두는 것을 한 번 보는 것이 훨씬 바둑의 본령에 접근하는 거예요.

시를 백 편을 쓰면 그 중에 다섯 편쯤은 명시가 나오겠거니, 혹은 소설을 스무 편쯤 쓰면 그 중에 두 편쯤 명작이 나오겠거니, 하고 편수를 늘려가는 것은 날아가는 새들을 향해 돌팔매를 백번쯤 하면 한두 마리쯤 맞아서 떨어지겠거니 하고 생각하는 것만큼이나 황당합니다. 오히려 정반대로 생각하는 것이 옳습니다. 오직 당면해 있는 작품을 잘 쓰는 길만이 그 다음 작품도 잘 쓸 가능성을 여는 것이니나는 단 한편의 작품도 명작이 아니면 탈고시키지 않겠다, 이렇게요. 다시 김수영의 말을 빌리면, 실패작은 얼마든지 있을 수 있지만 태작이 있어서는 안 됩니다. 함부로 쏜 화살에 어떤 새가 떨어집니까?

이제 마지막으로 또 하나의 길 '자수성가 식 문학수업'에서 자주 빚어지는 폐단에 대해서 말씀드리겠습니다. 혼자서 열심히 독서하고, 다른 작가들의 작품을 따라 배우며, 흉내도 내고 더러 전범을 교체해가기도 하면서 성장하는 것인데, 상당수의 작가들이 사실은 이렇게 외롭게 태어납니다. 헌데 이런 과정을 겪는 분들에게 흔한 오류가 무엇인가 하면 '주목받으려는 조급함'을 이기지 못한다는 것입니다. 작품도 사회적 소통양식의 하나이기 때문에 누군가 읽어 주어야 하는데, 그게 없으면 얼마나 외롭습니까? 그래서 관중의식에 빠지다 보면, 베스트셀러를 숭배하고 많이 팔리는 길을 섬기며, 독자의 눈에 먼저 띄는 것을 밝히게 되는데, 이것이야말로 문학수업의 최대의 적이 아닌가 생각합니다.

소통은 문학의 본질이요 궁극에 속하는 과제이나 작가는 그것을 반드시 사적(史的) 지평에서 사고하는 훈련을 길러야 합니다. 우리가 경쟁해야 할 것은 옆 사람이 아니라 문학사라는 것, 모름지기 살아 있는 작가는 문학사의 영토를 한 발짝이라도 넓히는 자라는 점을 잊어서는 안 됩니다. 문학적 도전을 중단한 작가는 문학의 생명이 끊긴 작가라는 점을 풀과 나무에 비유해보면 어떨까요? 봄에 싹이 돋을 때 풀과 나무는 떡잎 상태로 구분이 잘 되지 않습니다. 오뉴월이 되면 풀이 무성하게 자라서 나무를 덮어버리지요. 그런데 가을이 되어서 찬바람이 불면 풀은 말라서 소멸하기 시작하고, 겨울이 오면 완전히 모습을 잃어서 이듬해 봄에는 무의 상태에서 다시 떡잎을 틔우기 시작합니다. 그에 반해 나무는 풀보다 성장하는 바가 훨씬 더뎌 보이지만, 가을이 되고 겨울이 와도 존재가 없어지지 않습니다. 계속 움츠러들지만 자신의 몸에 나이테를 남겨서 이듬해 봄이면 전년도에 성장한 자리에서 다시 싹을 돋우지요. 이 때문에 풀은 숲이 되지 못하고 나무는 숲이 됩니다. 문학은 하루아침에 이루어지는 게 아니기 때문에 풀의 길을 가는 자는 소멸할 것이고 나무의 길을 가는 자들이 숲을 이룹니다.

그러고 보면 학교교육이나 사사교육, 자수성가의 길이 모두 함정을 숨기고 있습니다. 세 가지 다 중요한 통로이나 수렁들을 가졌으니, 이를 어떻게 가는 게 지혜로울까 고민되지 않을 수 없습니다. 이제 그 이야기를 해볼까 합니다.

어떤 공부가 필요한가

　모든 문학하는 사람에게는 그가 '받아들여야 할 모범이자 극복해야 될 대상'으로 삼는 '전범(典範)'이라는 것이 있습니다. 문학을 처음 시작할 때도 먼저 어떤 글을 좋아하게 되어서 나도 저런 걸 쓰는 사람이고 싶다 하여 시작합니다. 그래서 전범을 뒤쫓는 공부를 하다보면 더 높은 단계로 비약하는 지점을 만나기 마련인데요, 자 그 이야기도 자세한 것은 본 장에 들어가서 합시다. 하여튼, 문학은 한두 사람의 노력으로 명맥을 유지하는 것이 아니라 수많은 세월 동안 수많은 인류의 장군 멍군을 거쳐서 지금 우리 앞까지 이르러 있습니다. 일단 우리는 그 축적을 딛고 올라서야 조금 전의 비유대로 하자면 풀이 아니라 나무의 길을 갈 수 있습니다. 나아가 나무가 자라는 데는 바람과 햇살과 흙과 물 등 무수히 많은 자양분이 필요합니다. 역시 문학 수업을 통해서 얻어야 할 것들인데, 그 영역을 살펴보면 가장 먼저 눈에 띄는 것이 문학적 지식의 영역입니다.

　문학적 지식은 크게 세 가지로 나누어져 있습니다. 그 하나는 순수이론 영역입니다. 문학원론에서 시작하여 시론 소설론 운율론 문체론 같은 것들이 헤아릴 수 없이 광활한 영역에서 매년 수많은 박사들을 배출하는 것으로 봐서 내용이 간단하지 않음을 실감할 수 있습니다. 문학 수업을 하면서 순수이론의 영역을 버리고 갈 수 있다고 생각하면 오산일 것입니다. 공부해야 좋은 작품을 쓸 수 있습니다. 그런가 하면 반드시 필요한 공부로서 문학사(文學史)도 있습니다. 일단 흘러온 길을 알아야 흘러갈 길도 알 수 있을 거 아닙니까. 그러나 순수이론과 문학사는 작가들과 한 걸음 떨어져서 뒤따라오면서 검증하는 이론이라 할 수 있는데, 동시대를 함께 걸으면서 창작의 밀실까지 따라 들어오는, 창작현실에 직접 관여하는 이론 영역도 있습니다. 이게 평론이라는 장르입니다. 평론, 즉 비평 장르는 좀 재미가 없고 어려우며 복잡하다 하여서 안 읽는 작가도 없지 않습니다. 그러나 사람이 어떻게 아프지 않고 살 수 있습니까? 헌데 몸이 아픈 것은 환자입니다만 어디가 어떻게 왜 아팠는가를 찾아내는 것은 의사입니다. 비평이 문학의 건강진단, 문학의 일기예보, 문학의 교통정리를 행하는 역할을 합니다. 당연히 비평과 소통하고 있어야 글을 잘 쓸 수 있는데, 난처한 것은 비평에도 수많은 견해와 다양한 노선들이 있어서 그것을 제대로 파악하는 공부도 한평생 걸릴 만큼 방대하다는 겁니다. 그럼 이것들을 언제 다 공부하고 글을 쓸 수 있다는 말입니까?

헌데 그런 공부가 다가 아닙니다. 다른 한쪽에 엄연하게 존재하는 영역이 있는데, 세계관의 한계, 창작방법의 한계, 창작조건의 한계를 극복하는 문제입니다. 글을 쓰는 사람은 모두 이 세 가지 한계가 맞닿는 어느 지점에 서있습니다. 문학의 대가 반열에 오른 원로들도 그렇고 이제 문학수업을 시작하는 사람도 마찬가지입니다. 세계를 읽을 줄 모르면 울어야 되는 자리와 웃어야 되는 자리도 구별할 수 없어서 사오정의 신세를 벗지 못합니다. 상황을 모르는 자가 누구에게 웃음과 울음을 줄 수 있겠는지요? 당연히 세계를 통찰하는 능력이 결여된 감정은 문학의 것이 아닙니다. 그런가 하면 표현역량을 갖추어야 그걸 전달할 수 있습니다. 예컨대 창작방법의 문제인데, 이게 간단해 보여도 문예사조를 통해서 흘러온 다양한 시행착오와 성숙과 축적들을 슬쩍 들여다보는 것만으로도 현기증이 납니다. 나아가 우리 동시대의 작가들이 터득한, 아직 전파되지 않은 방법들은 또 얼마나 많은는지요. 열심히 공부하는 수밖에 없어요. 그런가 하면 창작조건의 문제도 중요합니다. 어떤 사람은 글을 쓰겠다고 골방에 들어가 독서를 합니다. 어떤 사람은 절간으로도 가지요. 그런데 창작조건이라는 게 그런 정도의 노력만으로 해소되지 않습니다. 백무산의 시에 있던 구절 같은데요.

"일하는 내 몸에 음악이 흐르고 있다."

냇가에서 빨래 해본 분들은 알지요? 어깨가 뻐근하도록 빨래를 하고 있을 때 우리의 몸 안에서 얼마나 많은 노래들이 피처럼 돌고 있습니까? 도대체 실체를 알 수 없는 가락이 존재의 뒤쪽을 맴돌다가 삶의 어느 곳에서 언제 우리 앞에 오는 건지…… . 이렇게 문학이 항시 우리 몸 안에 머물게 만드는 게 우선 중요하지 않을까요? 그러고 보면 창작조건도 절간에 간다고 얻어지는 게 아니고 재산이 많다고 부여되는 것도 아닙니다. 물론 절대적으로 가난해서 먹고 사는 거 외에는 아무것도 할 수가 없으면 문학을 하기가 어렵죠. 그러나 '일수 장사'하는 것보다는 '노가다'를 뛰는 것이 더 낫습니다. 쩜통을 지고 공사장을 오르는 몸속에는 시와 서사가 흐르나 온통 세속적 욕망으로 머릿속이 혼잡하면 문학은 들어설 자리가 없기 때문입니다. 그런 노래가 있었지요? "내 안에 내가 너무 많아 당신이 쉴 곳 없네" 하는…… .

문학을 잘 하게 하는 강의를 하라니까 못하게 하는 강의를 하게 되는 것 같은 느낌이 듭니다. 이미 난처한 것들만 열거했는데 그럼 도대체 어떻게 해야 되는가? 어느 것 하나만 제대로 하려해도 한 생애를 잡아먹는데 글은 언제 쓸 수 있다는 말인가? 그래서 역사적 과도기의 작가들 중에는 공부만 하다가 글은 못 쓰고 마는 사례도 없지 않았습니다. 그걸 우리 문학사에서도 확인할 수가 있는데, 일제 때 제국주의와 싸우면서 문학을 했던 분들 중에서 카프 활동에 참여한 박영희 시인이 그런 말을 남기지요. "얻은 것은 이데올로기요 잃은 것은 예술이다." 사실 냉정하게 보면 말도 되지 않지만 결과적으로는 굉장히 설득력 있는 말일 수 있습니다. 왜냐하면 많은 사람들이 문학을 하겠다고 공부하다가 문학은 못하고 평론만 하게 되었기 때문입니다. 그럼 이제 어떻게 해야 되는 건가요?

저는 이럴 때는 조금 단순하게 생각할 필요가 있다고 봅니다. 한계가 총체적이면 극복도 총체적이어야 합니다. 모든 것을 다 갖춰야 하면 모든 것을 다 갖추려는 삶을 '그냥 사는 것' 외에는 방법이 없어요. 고로 가치관의 정립이 핵심이다, 이렇게 말씀드리고 싶어요. 피할 수도 극복할 수도 없는 것을 감당하는 유일한 길은 그것을 삶으로 송두리째 안고 가는 것입니다. 문학적 창작적 작가적 가치관을 확립하고 온몸이 온몸을 밀고 가는 것이 최선이라는 게 오늘 제가 주장하려는 바의 핵심입니다. 그렇다면 어떻게 해야 그런 가치관이 얻어지는가요? 문학과 창작과 작가에다 '나'라는 존재를 덧칠해보세요. 나 더하기 문학, 나 더하기 창작, 나 더하기 작가, 이를 줄여서 문학관, 창작관, 작가관이라 하죠.

제가 가장 좋아하는 말이 "죽은 고래는 아무리 커도 물살이 흐르는 대로 따라 흐르지만 살아있는 송사리는 아무리 작아도 물살을 거슬러서 오를 줄 안다."입니다. 죽은 고래가 덩치는 크나 자연 해체의 와중에 있는 반면에 살아있는 송사리는 나날이 성장하면서 전방위적으로 갈 수 있다는 것이 그 가능성이고 생명의 크기입니다. 그래서 살아있는 송사리는 모든 것이지만 죽은 고래는 물의 흐름에 얹혀 있는 형체일 뿐입니다. 모두 이론의 대가가 되고 문학사의 대가가 되고 비평의 대가가 되려고 할 것이 아니라 글을 쓰면서 세계관의 한계 창작조건의 한계 창작방법의 한계를 끝없이 극복해가는 것, 한마디로 말해서 문학을 배우는 게 아니라 문학을 사는 것, 이것이 문학수업의 왕도가 아닌가 저는 그렇게 생각합니다.

문학하는 삶의 고독에 대하여

　왕도를 밝혔으니 필요조건을 충족시킬 충분조건도 밝혀야겠지요. 이런 유형의 문학수업을 하려면 반드시 준비해야 할 것이 문학적 삶의 고독을 이기는 의지입니다. 오늘 이런 당부를 드리고 싶어서 여태 구차스런 예들을 들었던 건데, 고독을 견디는 것, 외로움과 싸워서 이기는 것이 가능하다면 이제 절반은 해결이 된 셈입니다. 외롭고 지치고 속상한 것을 끝없이 존재의 위엄으로 극복하면서 마치 배가 물살을 가르듯이 도도한 세상을 조금씩 흔들리면서 그냥 헤치고 가르는 방법 외에는 문학의 길이 없는 게 아닌가 생각합니다. 이제 그 방법을 이야기하는 것으로 오늘 수업을 마칠까 합니다.

　꽤 오래전 일인데요, 저는 자동차 면허증이 없었습니다. 고향이 전남 함평이라 명절 때 아내가 운전을 했지요. 지지리 능력도 없는 사람이 어쩌자고 아이는 또 셋을 낳았습니다. 그 셋을 싣고 저는 조수석에 앉기 때문에 차가 정체되어 열 몇 시간 걸릴 때면 사내 체면이 말이 아닙니다. 아내에게 미안하니깐 위문공연을 하지요. 기사님이

졸지 않도록 한국 유행가 80년의 역사를 혼자서 공연하는 거예요. 어느 해 추석에 아침에 서울을 떠나서 열 시간을 가니까 해가 져서 껌껌해져요. 차가 장성 톨게이트를 지날 무렵입니다. 당시 중학생으로 인터넷 중독에 빠진 딸이 느닷없이 물어옵니다. "아빠 시인 맞아?" "왜?" "인터넷을 아무리 뒤져도 아빠 이름은 없더라." "야, 그런데 나오려면 나이도 지긋하고 문학적 성과도 많이 쌓아야지. 아빠는 아직 젊잖아." 그랬더니 "류○○ 시인은 친구 아니야?" 류○○ 시인이 사인한 시집을 봤거든요. "그래 맞아." 다시 질문합니다. "안○○은 아빠 후배 아냐? 류○○ 시인이랑 안○○ 시인은 팬이 얼마나 많은데." 난감하지요. 가만히 생각하다가 마침 차가 어두운 산길을 지날 때 언젠가 선배가 들려준 이야기가 생각났어요. 저 아래 동네가 보이는데, 가로등이 딱 하나가 켜 있어요. 그래서 딸에게 "너 불빛 기억나는 거 있어?" 물었더니 저희 사당동 태평백화점 불빛, 모텔 불빛들을 이야기 하는 거예요. "야, 그 불빛이 쓸모없다고 말할 수는 없겠다. 왜냐하면 우리가 택시 탈 때 그 앞으로 가자고 하면 그 불빛을 보고 세워주니까. 그러나 그게 쓸모없지는 않지만 그렇다고 중요한 것이라고 말하기도 어렵다. 왜냐하면 그게 없어도 다른 불빛이 많아서 얼마든지 대신하니까. 귀찮을 때도 있어. 근데 저 아래 불빛 보이냐? 저 가로등이 없으면 저 마을 사람들은 어떻게 될까? 위험에 빠지겠지? 저 불빛 아래는 하루에 한 사람도 안 지나갈 수 있다. 그러니까 당연히 기억하는 사람도 아주 적겠지. 그 가로등이 자신의 존재가 세상에 잘 드러나지 않는다고 해서 사람들이 많이 기억하는 쪽으로,

예를 들어 서울역 앞 같은 데로 모여들면 어떻게 될까? 별빛이 사람들의 눈에 띄는 곳으로 모여든다면 우주가 파괴 되겠지? 잘 보이지 않는 곳에 있는 저 불빛들에게, 세상이 그것을 훨씬 절실히 필요로 함에도 불구하고 유명하지 않으니 소중하지 않다고 말할 수 있겠냐?" 이제 말을 알아먹은 거 같아서 결론을 내렸지요. "아빠는 시골에서 사는 불빛이라고 생각해." 했더니, "야, 아빠 진짜 시인 같다." 해서 간신히 위기 모면을 했습니다.

한적한 시골길에 혼자 켜 있는 고독한 가로등처럼 존재하는 것, 이렇게 존재하는 자가 어법이 서툴거나 표현이 약하거나 인기가 없다고 해서 이 자의 입을 통해 명명되는 어둠 속의 것들의 가치가 작아질까요? 사실은 이것들이 인간의 세상을 만들어갑니다. 이것이 세상이 필요로 하는 문학입니다. 이렇게 혼자 제자리에서 빛날 줄 알면 이제 그 사람의 생을 통해서 문학이 흘러나오기 시작할 겁니다. 이 이야기가 통했다면 저는 이 프롤로그를 에필로그로 바꾸어도 될 것 같습니다.

그럼 덤으로 한 가지만 조언해드리겠습니다. 문학적 삶의 고독을 극복한다고 해서 오직 혼자서만 내공을 쌓으려 하는 건 무모합니다. 스님들이 참선할 때도 도는 혼자 닦지만 지내기는 도반(道伴)들과 함께 합니다. 문학수업을 하면서 아주 중요한 것이 창작적 에너지가 증폭되는 관계망을 형성하는 것입니다. 오래 된 시인데요, 제목이 「분노」였던가 「함성」이었던가, 윤재철 시인이 게에 대해서 쓴 시가 있습니다. 제가 각색해서 들려드릴게요. 바닥이 깊은 그릇 안에 게

들이 가득 들어있습니다. 게들이 다리를 겯고 틀어서 집단적으로 부풀어 오르는데, 그 한 마리 한 마리는 그릇이 미끄럽기 때문에 절대로 바깥에 나올 수가 없습니다. 다행히 스크럼을 짤 수가 있어서, 서로 기어 나오려고 움직이다 보니 각자의 몸이 사다리처럼 만들어져서 마침내 한 마리가 바깥으로 나옵니다. 그러자 다른 한 마리도 곧바로 바깥으로 나옵니다. 나중에는 너무너무 신기하게도 전체가 다 나오게 됩니다. 그 미끄러운 그릇 안에도 게가 바깥으로 나갈 수 있는 길이 있는데, 혼자서는 찾지 못하고 여러 동료들과 창조적인 관계망을 형성해야 찾을 수 있어요. 처음에는 누군가 지나가는 흔적이었는데 수많은 사람들이 지나가면 그게 길이 됩니다. 지금 여러분들에게도 그 수많은 사람들이 필요합니다. 무슨 뜻인지 알겠어요? 그럼 다음 시간에 뵙겠습니다.

1장

인간학으로의 초대

거인 이야기

우선, 김수영의 시부터 하나 읽어볼까 합니다.

　　푸른 하늘을 제압하는
　　노고지리가 자유로웠다고
　　부러워하던
　　어느 시인의 말은 수정되어야 한다

　　자유를 위해서
　　비상하여 본 일이 있는
　　사람이면 알지
　　노고지리가
　　무엇을 보고
　　노래하는가를
　　어째서 자유에는

피의 냄새가 섞여 있는가를

혁명은

왜 고독한 것인가를

혁명은

왜 고독해야 하는 것인가를

                      —김수영, 「푸른 하늘을」 전문

  이 시는 4·19직후의 혼돈을 경고하기 위해서 써진 것으로 보입니다. 김수영은, 노고지리가 하늘을 나는 것이 자유로움의 발로라고 생각하는 것은 잘못이라는 말로, 좁은 세계에 갇힌 존재가 자기 한계를 깨고 나오는 것이 얼마나 어려운지를 노래하는 것 같습니다. '혁명'이 무엇인가를 말하려는 시이지요. 식물의 키가 1센티미터 자라는 데 일억 톤의 피가 필요하다고 합니다. 자기 생명이 높아지거나 넓어지고 커지는 데는 가히 혁명에 가까운 에너지가 필요합니다. 그래서 노고지리가 비상하는 것이 안락하고 즐거운 유희가 아니라 뼈아픈 대가를 지불하는 고통이라는 것을 "왜 자유에는 피의 냄새가 섞여 있는가" 물었던 것이지요.

  저는 이 시를 읽을 때면 매번 러시아의 저술가 일리인이 쓴 『인간의 역사』가 떠오르곤 합니다. 그 놀라운 유사성. 일리인은 어려운 문제를 쉽게 설명하는 데 아주 특별한 재능을 가졌어요. 그는 『인간의 역사』를 쓰면서 '사람'이 '인간'으로 변모해 오는 궤적을 설명하기 위하여 '거인'이라는 화두를 꺼내드는데, 그가 유독 사람 앞에 클 '거(巨)' 자를 붙여서 부르고자 한 이유가 뭔지 아십니까?

지구에는 수많은 생물이 살지만 대부분의 생명체들은 사실 지구에서 산다고 말할 수 없을 만큼 좁고 한정된 곳에서 거주합니다. 다들 한없이 좁은 영토 안에 살고 있으면서 자기의 땅을 벗어나지 못해요. 새는 하늘에서 살고 고기는 물에서 살며 동물은 산에서 삽니다. 우리는 강을 만났을 때는 물고기가 자유로워 보이고, 절벽을 만나면 새들이 자유로워 보이며, 숲을 만나면 맹수들이 부럽다고 생각하지만, 김수영의 혜안이 간파했듯이, 사실상 그런 생각은 수정되어야 옳아요. 왜냐하면 모두 한정된 세계에 갇혀 있거든요. 여름 철새는 겨울 하늘을 날지 못하고, 민물고기는 바다를 헤엄치지 못해요. 산에서도 낮은 데서 자라는 식물은 높은 곳에서 번성하지 못하고, 높은 곳의 식물은 낮은 곳에 뿌려지면 죽습니다. 존재는 모두 유한하고, 목숨은 모두 운명처럼 주어진 환경을 벗어나지 못하는데 지구에는 그런 한계를 끝없이 뛰어 넘는, 아주 거대한 생명 능력을 소유한 종이 있어요. 인간입니다. 일리인은 인간이 바로 그렇게 사는 이미지를 거인이라는 말로 형상화하려 했습니다.

올림픽 기록으로 인간이 100미터를 10초대에 달렸던 시절의 능력 크기와 마의 10초대를 무너뜨렸을 때 드러난 인간 생명의 크기는 가위 서기 1000년대의 문명 크기와 2000년대의 문명 크기가 다른 만큼의 차이를 실감시킵니다. 0.5초에 불과한 미세한 능력의 차이가 쌓이고 쌓여서, 천 년 전에는 지구의 반대편에 있는 사람들이 무서운 동물의 형상을 하고 있으리라 상상했던 인류가 천 년 후에는 지구를 손바닥만 하게 축소시켜서 휴대전화 하나로 실시간 소통을 주고받으며 살고 있습니다. 인간이 신체의 한계를 벗어나려고 노력하는 각종 신기록 쇄신의 역사는 지금도 중단되지 않고 계속 이어지는 중입니다. 올림픽이 왜 인류의 제전이 되며 거기서 금메달을 딴 사람에게 군대를 면제해주는지 수긍이 되십니까? 인간이 자신의 신체적 한계를 깨고 조금이라도 더 빨리 달리고 더 높이 더 멀리 더 오래 달리도록 노력하는 과정에서 발생한 아주 주목할 만한 것이 있어요. 그것은 인간이 신체만 사용한 것은 아니라는 사실이에요. 옛날에 그리스의 한 병사가 전쟁에서 이긴 승리의 기쁨을 아테네 시민들에게 알리기 위해 달려온 거리를 기념하기 위해 마라톤 경기가 출현했다 합니다. 물론 소식을 알리고 죽었으니 병사가 달린 거리는 인간의 신체적 한계를 밝히는 숙명적 공간의 크기가 됩니다. 그 막막한 숙명을 벗어나기 위해서 인간은 어떻게 했습니까?

몽골에 가면 나담축제가 있는데 체구가 작은 소년들이 말타기 경주를 하는 걸 보면 전율이 입니다. 거기에는 인간이 공간의 숙명을 극복하기 위해서 말에 올랐던 아득한 역사의 흔적이 간직되어 있지요. 나중에는 말에서 자동차, 기차, 비행기에 이르기까지 탈것들이 진화합니다. 지금은 고속철을 많이 이용합니다만 하여튼 탈것의 발달이 드넓은 지구를 얼마나 좁은 곳으로 만들어 놓았습니까? 인간이 존재의 유한성을 도구로 극복해 오는 과정을 들여다보면 문명의 역사란 사실상 도구의 발달사에 다름 아닙니다. 들여다보세요. 안경은 시력의 연장이고, 사다리는 다리의 연장이며, 옷은 살갗의 연장입니다. 이렇게 쉽게 눈으로 확인되는 물질적 도구에 대해서는 그 발달사를 의심하는 이가 아무도 없습니다.

그러나 자세히 보면 인간이 유한성을 벗기 위해 사용하는 도구 중에는 물질적인 것보다 훨씬 더 크고 중요하며, 어떤 의미에서는 물질적인 도구들을 지배하는 또 다른 도구가 있다는 것을 알 수 있어요. 그것은 인식의 도구, 즉 정신적 도구입니다. 예를 들어 볼게요. 추석을 앞두고 할머니가 손자들을 위하여 감을 열여덟 개를 따두었는데, 삼촌이 다시 열두 개를 가져와서 서른 개가 됐습니다. 서울에서 손자들이 내려와 보니 합이 여섯이어요. 산수를 못하는 할머니는 고민이 됩니다. 앞에 여섯 명을 앉히고 하나씩 돌려주면 쉽겠는데 그럴 수가 없으니 광에 숨어서 합니다. 성냥개비 여섯 개를 손자들 대신 앉히고 하나씩 돌리는데 광이 좁아서 자꾸 섞어지는 바람에 몇 번을 다시 해요. 이때 손자 하나가 눈치를 채고는 할머니에게 그냥 다섯 개씩 나눠주면 된다고 알려줍니다. 얼마나 놀라운 일입니까? 손자는 보이지 않는 도구를 사용해서 아주 간단하게 분배를 마친 것입니다.

초등학교 2학년 때 손바닥을 맞으며 구구단을 외웠던 기억이 나지요? 그게 인식의 도구 중 하나인데, 안경보다 덜 사용되는 것 같습니까? 우리는 그런 것을 과학시간에도 배워요, 만유인력의 법칙. 사회시간에도 배워요, 일사부재의의 원칙……. 그런 인식의 도구를 많이 습득한 사람은 비행기가 하늘을 날아서 새들이 갈 수 없는 곳까지 가듯이 수천 년 동안에 쌓인 인간의 경험을 아주 간단하게 뛰어넘습니다. 1980년대에 흔했던 풍경인데, 대학에서 공부를 하고 있어야 할 청년들이 노동현장에 뛰어들어서 거대한 공장 노동자들을 순식간에 조직합니다. 현재 우리나라 노동조합들 중에는 그런 식으로 탄생한 조직이 많지요. 봉건제가 걷히고 자본주의가 발달하기 시작하면 수많은 공장들이 세워져 대부분의 사람들은 자본가가 아니면 노동자로 살게 되는데, 이 두 부류의 경계에 소위 계급적 갈등이라는 게 생겨요. 그런 일을 수많은 어른들이 피눈물을 흘리며 경험하지만, 그것의 발생과 성장과 소멸의 경로를 이해하지 못해요. 그런데 노동 한 번 해보지 않은 대학교 2학년 3학년쯤 되는 청년이 계급 문제를 해석하고 당사자들을 설득하여 조합을 만들어냅니다. 이게 일리인이 말한 거인이 아니고 뭐겠습니까? 그는 마르크스의 「자본론」이라는 도구를 사용한 거예요. 바로 이 같은 인식의 도구들을 넓게 분류해서 '사회적 의식의 한 형태'라고 말합니다. 또 이런 도구를 사용할 줄 아는 전문가들을 지식인이라 하죠.

지식이라는 도구가 반드시 학문의 형태로만 존재하는 것은 아닙니다. 가령『삼국지』라는 소설을 생각해봅시다. 흔히 영웅호걸이 벌이는 일대 드라마로서『삼국지』를 즐기는 배경에는 오락적 요소들도 크지 않겠어요? 그렇다고 지식이 아닌 건 아닌데, 낡은 권위는 붕괴되고 새로운 권위는 형성되지 않았으며 사회적 규범도 가치관도 혼탁한 생존경쟁의 현장에는 실로 다양한 인간군상이 꿈틀거리며

권모술수나 권력투쟁을 전개하기 마련입니다. 가령, 성인 남자 백 명, 오백 명, 천 명의 집단이 들끓는 곳에 놓인다면 누구나 현기증이 날 만큼 다양하고 풍부한 인간형들을 경험하며 무력감을 느낄 수 있어요. 그럴 때『삼국지』를 읽은 사람은 갑이라는 자는 '유비'형이라 정의파로서 마땅히 고난의 길을 걷지 않으면 안 되고, 을이라는 사람은 '조조'형이니 그릇이 작다 할 수 없으나 '권모술수'에 능하여…… 하는 방식으로 인간군상을 이해해 갑니다. 가위 천여 년에 가까운 세월을 사회활동에 나선 사내들은『삼국지』가 밝힌 인간유형에 의탁하여 타자를 이해하고 인간관계의 지혜를 발휘해 왔지요. 지금 시대를 문명사적 전환기라 말할 수 있는 문학적 이유를 하나 들라면 저는 지난 문명 속의 인간군상을 이해하는 데 아주 유효했던 '삼국지적 인간형'이 쓸모를 다하고, 이제 전혀 다른 유형의 인간들이 출현하여 당대를 이끌고 있다는 점을 들 것 같아요. 가까운 예로 지난번 서울시장 선거에 출마했던 인물들만 해도 여당이나 야당이 똑같이 '삼국지적 인간형'에서 벗어난 캐릭터를 내세운 것 아닌가요? 한마디로 지금 우리는 수백 년 동안 전가의 보도처럼 사용되던『삼국지』라는 지혜의 도구가 낡아서 골동품이 될 위기를 겪고 있는 셈입니다.

인식의 도구들

   그렇다면 인식의 도구에는 어떠한 것들이 있을까요? 일반적으로 분류하는 것으로는 크게 세 가지가 있습니다. 미스코리아를 선발할 때 상을 어떻게 나누지요? 진, 선, 미라 하잖아요. 사실 미스코리아 선발전이 진·선·미라는 이름으로 미인을 선발하는 것은 굉장히 세련돼 보이지만 내용을 조목조목 짚어보면 억지스럽기가 그지없습니다. 우선 똑똑한 여성을 진, 착한 여성을 선, 아름다운 여성을 미로 뽑는 게 아니잖아요. 더욱 어색한 것은 여기에 순위를 매겨서 서열화를 시킨다는 점이에요. 그것도 철저하게 근대적 가치관이 작동되는지라 탈근대를 말하는 지금하고는 감도 차이가 커요. 이를테면 절대적 권위를 자랑하는 '진'의 반대말은 무엇인가요? '위'이지요. 어떤 사물이나 현상이 참인지 거짓인지, 진짜인지 가짜인지를 밝혀야 할 때 사용하는 도구가 과학이지요. 진위를 식별하는 과학은 객관세계를 연구하고 탐구하죠. 자연과학, 사회과학, 문화과학 등등의 명칭이 다 그런 것들인데, 근대는 이성을 중심에 둔 시대인지라 '과학'을 얼마나 높이 신봉했던지, 사회체제와 제도를 지칭하는 용어에도 이런 별명을 붙여서 '과학적 사회주의'라 부를 정도였습니다. 최근에 TV 광고에서도 "침대는 과학입니다" 하데요. 과학에 환장한 시대 같지 않아요? 어쨌든 객관 세계를 분석하고 연구하고 탐구하는 태도에는 수없이 많은 과학이 들어있을 수밖에 없습니다.

다시, 중세와 같이 신의 시대라면 진의 권위, 참한 것의 권위는 결코 지금과 같지 않았을 거예요. 아마도 신성한 것이 중시되는 때에 과학은 천한 것으로 여겨졌겠지요. 하지만 이성 중심의 시대에 이르면 과학이라는 말에 내포된 인과율, 논리적 정합성 따위들이 절대적인 권력을 행사합니다. 어떤 사람이 중범죄 중에서도 심각한 중범죄를 저질러 사형을 두 번 시켜도 모자랄 정도라 해도, 검찰의 조사 결과 "정신분열증 환자였음이 밝혀졌다" 하면 형벌은 전혀 다른 차원에서 논의되기 마련입니다. 왜냐? 그의 행위는 과학의 바깥에 있었으니까요. 만취했거나 다른 이유로 이성을 유지할 수 없는 상태에서 벌어진 일도 마찬가지예요. 흔히 조폭들은 자신을 경계하는 눈빛만 보여도 시비를 건다 하는데, 만취한 행인이 몸을 가누지 못 하고 부딪쳤을 때도 시비를 걸까요? 그럼, 취중진담이라는 말은 성립되지 않는 건가요? 진을 앞세우는 시대에 나타나는 사회적 현상이 바로 이렇습니다.

그러나 진, 이성, 과학을 아무리 강조해도 인간은 어떤 사물이나 현상을 대했을 때 이 한 가지의 척도에 의한 반응, 즉 과학적 태도만으로 모든 것을 결정하지 않습니다. 인간이 세계를 인식하는 도구

중에는 운명의 대한 두려움 때문에 사용하는 도구도 있습니다. 소위 종교적인 태도가 그것인데, 누가 종교가 필요한 시대는 이제 끝났다 하데요. 1989년이면 베를린 장벽이 붕괴되어 냉전체제가 해체되고, 인터넷이 보급되며, 복제생명이 출현합니다. 그래서 21세기는 지난 세기와 전혀 다른 세기가 됐죠. 눈부신 과학기술의 발전과 디지털 문화의 홍수 속에서 과연 종교가 어떤 의미를 가질 수 있겠느냐, 이 렇게 생각하는 사람이 있을 수 있습니다. 그런데 사실은 과학기술이 아무리 발달해도 그런 것 정도로는 아예 엄두를 낼 수 없는 영역이 있습니다. 바로 운명에 대한 두려움인데요, 오늘 우리는 왜 마주하 게 되었는가, 과학적으로 설명할 수 있는 사람 있으세요? (이것을 운명 이라는 말 이외의 무엇으로 설명할 수 있느냐고 물었던 거 기억나세요?) 인간의 운명에 관여하는 찰나의 순간들이 한 생애에 열 개 스무 개가 존재 하는 게 아니고 아예 처음부터 끝까지 어떤 과학으로도 나누고 설명 하는 게 불가능한, 무한대의 수열로 늘어선 것을, 우리가 무슨 수로 감당할 수 있습니까? 오직 가만히 머리를 숙이고, 우리를 초월한 어 떤 것, 실체도 말할 수 없고 명명할 수도 없는 그 두려운 대상 앞에 아주 순하고 착하게 엎드려서 비는 것 외에 어떤 방법이 있겠어요. 이 운명에 대한 두려움을 해결할 수 없기 때문에 그를 읽으려는 노 력이 생겨나는데, 이것이 종교적인 사유입니다. 종교적인 사유가 문 제 삼는 것은 선이냐 악이냐 하는 것이지요.

그런가 하면 방금 말한 두 가지와 전혀 다른 유형의 태도도 있습 니다. 제가 어느 카페에 들어갔더니 성냥갑에 이런 시가 적혀 있더라고요.

> 님 사랑은 거짓이에요
> 꿈에 보인다는 말도 거짓이에요
> 나처럼 잠을 못 자면
> 어찌 꿈에 보인단 말인가요

　여기서 나타나는 인간의 태도는 과학적인가요? 아니면 종교적인가요? 시 속의 화자는 옳은 사람입니까, 착한 사람입니까? 여성문제를 연구하는 분들, 여성의 태도를 사회학적으로 분석하는 분들은 「님사랑」이라는 시의 주인공을 수동태로 길들여졌다 하여 비판적으로 볼 수 있습니다. 왜냐하면 전통시대에 순종하는 '여성상'이 성차별이라는 사회적 질곡의 거점이 되기 때문이지요. 그러나 대부분의 사람들은 이 시를 읽고 옳음과 그름, 혹은 선과 악의 차원하고는 다른 태도를 보입니다. 그것은 마음에 든다, 안 든다 하는 것인데, 예컨대 쾌인가 불쾌인가 하는 영역이 분명히 있습니다. 꽤 오래 된 드라마 중에 〈아들과 딸〉이 있었는데, 후남이라는 큰딸은 시종일관 착하고 똑똑하고 잘 생긴 모습을 하고 있습니다. 그에 반해 동생 종말이는 말도 안 듣고, 철딱서니 없으며, 심심치 않게 말썽을 일으킵니다. 이걸 보면서 누구나 이성적으로는 후남의 편을 들지만, 취향을 드러낼 때는 종말이 쪽으로 기울어요. 그 드라마의 인기가 한창 높을 때 어머니 역을 맡은 사람을 인터뷰하던데, 당신이 실제 어머니라면 큰

딸과 작은딸 중 누가 더 좋을 것 같은가, 묻자 드라마 안에서야 당연히 큰딸 편을 들겠지만 실제라면 자기도 종말이 같은 딸을 갖고 싶다 합니다.

이것은 진과 선과 미가 동일선상에 놓일 수 없는, 전혀 다른 차원에서 작동되는 인식의 도구라는 것을 의미합니다. 이런 예는 신세대들의 감수성에서도 드러나는데, 아이들이 친구를 비판할 때 흔히 쓰는 '범생이'라는 표현이 그렇습니다. 범생이는 굉장히 훌륭하고 모범적인 것을 뜻하나, 야유하는 말입니다. 옳고 착하지만 매력은 없어요. 그러니까 종교적으로 훌륭한 것인데 미학적으로는 엉터리가 되는 것을 신랄하게 야유하는 용어란 말입니다. 이런 과정을 보면 진위를 나누는 영역도 있고, 선과 악을 나누는 영역도 있습니다. 이것들은 동일한 것이 아닙니다. 이것들은 조금씩 다른 차이를 가지고 다른 방식으로 작동하는데, 하여튼 문학은 이것들 중의 한 영역에 속하는 것입니다.

다시 말하지만, 우리는 어떤 문제를 종교적으로 대하고, 과학적으로 이해하며, 또 예술적으로 반응합니다. 이를 단일한 것, 즉 진이 선이고, 선이 미요, 미가 진이라 하고 단정하면 잘못이 부지기수로 생겨납니다. 일요일에 교회에 나가는 의사가 십자가 앞에서 무릎을 꿇고 있을 때는 종교적인 태도를 취하고 자기 운명의 문제를 들여다보고 있습니다. 만일 그가 환자를 앞에 두고 치료를 하지 않고 기도한다면 그는 과학적 태도와 종교적 태도를 동일한 것으로 착각하는 잘못을 범하는 것입니다. 환자를 대할 때는 철저하게 과학적이어야 하겠지요. 만일 못생긴 사람이니까 아무렇게나 치료하고 잘생긴 사람이니까 열심히 치료해준다면 그를 제대로 된 의사라 할 수 있겠습니까? 똑같은 차원에서 우리 편이니까 치료해주고 적이니까 치료해주지 않는 것도 마찬가지예요. 이렇게 한 인간의 일상에서도 어떤 부분은 과학적, 어떤 부분은 종교적, 어떤 부분은 예술적 인식이 진행됩니다. 그래서 종교적인 태도를 가지고 생각할 때는 과학적인 태도와 예술적인 태도를 괄호로 묶어 놓고 생각을 합니다. 종교적 현상을 비과학적이라고만 주장하는 것은 인간의 운명을 인식하는 문제에 무지한 것이고, 쾌인가 불쾌인가 하는 문제를 정의와 불의, 선과 악의 관점에서만 보는 것은 살아 있는 인간의 실존적 감정을 몰각한 것입니다.

이렇게 세 가지 차원에서 전개되는 태도 및 사유가 어떤 시대에나 동일한 권위를 누리며 존재했던 것은 아닙니다. 중세까지 개인은 '신의 의지에 따라 움직이는 거대한 수레바퀴의 작은 톱니바퀴'에 불과했어요. 적어도 르네상스가 오기까지 인류는 신의 제국에서 살았으니까요. 그때 인류의 삶에 질서를 부여하는 힘은 종교적 가치가 최우선이었습니다. 만약 중세에 진·선·미를 서열화했으면 아마 '선·진·미'가 됐을 거예요. 그런데 르네상스 이후에 "나는 생각한다. 고로 존재한다."라고 하여 객관세계와 하늘이며 신까지를 인간의 관찰 대상으로 삼는 데카르트, 태양이 지구를 도는 것이 아니라 지구가 태양을 돈다는 코페르니쿠스, 망원경을 발명하여 지구가 움직이는 것을 설명한 갈릴레이, 만유인력의 법칙을 주장한 뉴턴 같은 사람들이 등장하면서 고대와 중세의 인간들을 지배하고 있던 신이 세상의 일선에서 퇴출당하게 되지요. 그리하여 세계를 연구 분석하려 드는 사람들의 시대로 넘어오면 과학과 합리주의가 최우선적인 가치로 부각이 됩니다. 그래서 근대에는 진·선·미라 불렀습니다. 그런데 신의 자리에 자연의 법칙과 과학을 대치하자 수많은 개인 간의 충돌이 생기는 겁니다. 너무 똑똑한 개인들 때문에 개인과 사회 간의 갈등은 영원히 끝날 것 같지 않고, 국가나 법정은 끊임없이 개인의 권리와 권리 사이의 균형을 잡고자 곡예를 하지만 전망은 어둡기만 합니다. 이성 중심적이고 과학 중심적인 근대의 가치가 옳았던 것 같지만 그를 따라 가보니 이상한 지경에 도달했어요, 이 길을 계속 간다면 지구는 파괴되고 말 거야, 하고 염려하면서 이성 중심주의에 대한 근본적 회의가 시작됩니다. 그래서 문화의 세기, 21세기에는 감수성의 가치, 창의성의 가치 이런 게 아주 중요해지죠. 이제 이것이 '감각의 제국'이 되지 않기를 빌어보지만, 하여튼 중요한 것은 이 세 가지가 동일하지 않다는 거예요.

존재의 어둠 속에서

　이성주의를 절대적 가치로 내세우고 그것으로 인류의 삶을 질서 지울 때 근대문학이 발달하게 됐습니다. 대표적인 예로 '악의 꽃'이란 말이 무슨 뜻이겠어요? 악입니다. 선이 아닌데, 옳지 않은데, 나쁜데, 예쁠 수 있다는 거예요. 분명히 악이지만 꽃이라고 하는 것이 보들레르의 시인데, 여기에서 문학이 예술적 인식의 한 형태로 시작됩니다. 문학이 시작되는 지점은 '살아 있는 실존의 현상'에 대해 어떠한 과학도, 또 어떠한 종교도 설명할 수 없기 때문에 문학이라는 것이 출현해서 발전을 해오고 있습니다. 그래서 그 문학의 가장 중요한 특성은 바로 인간문제를 다룬다는 것, 인간의 삶을 대상으로 한다는 거예요. 여기서 한 가지 상기시키고 싶은 것이 있는데, 중국의 영화 〈인생〉을 혹시 보셨나요? 그 원작소설이 『인생』인데 그걸 쓴 사람, 또 『허삼관매혈기』도 썼던 작가 위화가 서울에 와서 강연을 하는 걸 들었어요. 이렇게 말하데요. "문학은 헤어진 후에도 서로 사랑하게 합니다." 문학은 헤어진 후에도 서로 사랑하게 한다네요. 무엇

때문일까요?

문학은 이런 이상한 것입니다. 그래서 문학이란 무엇일까 묻지 않을 수 없지요. 여기에 가장 일반화된 답변은 인간학이라는 것인데, 보통 인간학이라고 하면 의학도 인간학이다, 생물학도 인간학이다, 언어학도 인간학이다 말합니다. 르네상스 이후 인문학에 속하는 것들은 다들 자신을 인간학적 관점에서 설명하려고 애를 씁니다. 그럴 때 인간학이라는 말은 비유적으로 사용되는 거죠. 가령 의학은 인간의 질병과 치유를 다루는 학문이고, 법학은 인간사회의 질서와 규칙을 다루는 것이니 말 그대로 살아 있는 인간의 실존 문제를 다루는 것은 아니지요. 그런 의미에서 비유가 아니라 직설로서의 인간학은 문학밖에 없는 셈인데, 이를 학문적으로 정의하는 것 자체가 문학의 본령을 벗어나는 것이니 문제를 조금 먼 곳에서 포착하여 클로즈업해오는 것이 어떨까 합니다.

자, 살아 있는 인간이 얼마나 비밀스런 어둠인가를 한 번 들여다봅시다. 어렸을 때 저희 집은 오일장터 주막이었어요. 집 앞에 큰 장터마당이 있는데요. 수많은 사람들이 머물다 가는 이 장터 마당을 저의 아버지는 아무 이득도 없이 늘 깨끗이 쓸어야 직성이 풀렸나봅니다. 그래서 매번 장이 열릴 때마다 허리가 휘어지도록 빗자루질을 하죠. 저도 누우이 꾸지람을 들으면서 오일에 한 번씩 장터를 쓸고는 했어요. 그 시간에 자유롭게 노는 친구들을 볼 때면 얼마나 부러운지. 우리도 남들처럼 그런 거 안 하면 좋겠는데, 그 넓은 장터를 청소하는 시간이 얼마나 고독한지 몰라요. 그 슬픈 모습을 아무도 알아주지 않는데 언제나 뒤꼭지를 내려다보는 느낌을 주는 것이 있었습니다. 전라남도 서남해안 끝에 있는 불갑산이라는 산의 정상 연실봉 봉우리입니다. 굉장히 잘 생긴 산봉우리였어요. 장터 주변에 늘어선 지붕들 너머로 저 홀로 솟아나와 제 뒤꼭지를 내려다본다는 것, 저의 일거수일투족을 바라봐 준다는 것만으로도 그 봉우리는 제 마음의 '큰바위 얼굴'이었죠. 불갑산 연실봉은 저에게는 신성의 상징으로 남아 있습니다.

세계는 인간의 체험 속에서 신성하다고 합니다. 제 마음 속에서 가장 신성한 곳, 저의 체험 속에서 가장 아름답고 중요한 연실봉을 제가 나중에 서울살이를 할 때 우리나라 사람들이 가장 혐오하는 장소로 이해하는 것을 경험하게 되었습니다. 지존파였던가? 기억나지요? 살인 공장을 차렸던 사람들. 고급 승용차를 타고 지나가는 사람들을 납치해서 죽이려 했던 그 살인공장 말이에요. 그게 연실봉에 있었어요. 그럼 연실봉은 그 후 제게 어떤 장소가 되었을까요? 서울의 수많은 사람들이 이의 없이 그 산을 흉악하고 공포스런 장소로 혐오하는 때조차도 그곳은 저의 체험 속에서 가장 아름답고 신성한 곳으로 건재했습니다.

지상의 모든 존재가 이렇게 자신의 삶을 만물의 척도로 사용합니다. 그 때문에 인간의 삶 속에서는 어떠한 유형의 운명에 대한 공식도 그것이 공식이 되는 순간 운명에 대한 이해를 가로막는 장애물이 되어버리고 맙니다. 인간의 삶에는 분명히 섭리도 있을 테고, 어떤 합법칙성도 있어 보이나 이는 모두 과학이나 학문, 종교에서 이야기하는 것들과는 다를 수밖에 없어요. 어떤 분은 정치가 '살아있는 생물'이라고 하던데, 매순간마다 끝없이 생성되고 변형되는 인간의 실존 형식이야말로 '살아있는 생물'의 절정에 속할 거예요. 그리고 그 때문에 문학이 필요한 겁니다.

여기서 한 가지 정리해둘 게 있어요. 세계는 인간의 체험 속에서 신성하기 때문에 모든 현상과 만물의 척도는 살아 있는 존재 하나하나가 다 다르게 갖는다는 것입니다. 그래서 폴 발레리는 "나는 인간 각자가 만물의 척도임을 잊지 않으려고 노력한다."고 말합니다. 그래서 존재 하나하나는 전부 다 각자의 가치기준을 척도로 해서 세상을 만나는 그런 신성불가침의 영역들을 가지고 있습니다. 어찌 세계를 향한 고독한 외침이 없을 수 있겠습니까? 그래서 이 존재의 어둠을 이해하는 것은 인간의 영원한 숙제가 될 것입니다. 역사가 출현해서 수없이 많은 시간이 흘렀고 수없이 많은 사람들이 살아왔지만 그 속의 개인들을 어떤 과학적 법칙으로 설명할 수 있는 사람은 한 명도 없어요.

인간학이 생겨날 수밖에 없는 배경화면이 그려졌는지 모르겠어요. 그럼 그 소재가 되어 마땅한 인간의 문제로 들어가 볼까요? 이영진 시인의 「하루살이」라는 시는 "너는 세계의 비밀이다"라는 부제를 달고 있는데 우선 몇 줄 읽을게요.

살아온 시간만큼, 몸 속 어딘가에 구멍이 생기고 꼭 그 구멍의 크기만큼 커지는 그리움.

아아, 아무리 다가가도 일정치 않은 사랑의 각도여, 사랑은 균형인가.
불을 향해 길 떠나는 긴 그림자여 목숨보다 먼저 우리를 끌어당기는
저 아득한 불빛들의 속삭임

—이영진,「하루살이」부분

우리가 흔히 하루살이(불나비도 그렇지요)는 목숨을 잃을 줄 알면서
도 불에 뛰어드는 열정의 화신인 것처럼 얘기를 합니다. 그러나 사
실은 그렇지 않다는 내용이에요. 하루살이는 태양이 사라지면 몸이
기울어져서 균형을 잡을 수 없답니다. 그래서 작은 빛이라도 발견되
면 정신을 잃고 다가가요. 가까이 가면 균형을 찾을 수 있을 것 같아
서 빛에 접근하는데 끝내 균형을 얻지 못하고 타죽고 마는 것입니
다. 멈출 수 없어요. 왜냐하면 존재가 기울어졌기 때문에, 목숨을 바
쳐서 뛰어드는 것이 아니라 그냥 끌려가는 셈인 거죠. 인간의 영혼
도 사랑을 잃고 기울어지면 끝없이 자기 균형을 찾아 그 무엇인가를
향해 패대기쳐집니다. 부모의 사랑을 잃거나, 어른들, 이웃들, 친구
들에게서 쏟아져야 될 햇볕이 사라지면 그것을 가능하게 해줄 것 같
은 그 무엇인가를 향해서 계속 치닫게 되는 이런 유형의 불안한 영
혼을 가지고 있습니다. 여기에서 살아 있는 생명들은 하나도 동일한
것도 없이 서로 펼쳐지는 생애 문제와 부딪치게 돼 있습니다.
　이런 연유로 그 어떤 인식의 도구로도 풀어갈 수 없는 문제가 도
출됩니다. 예를 들어보지요. 어느 민중교육 책자에서 읽었던 것 같

은데, 그곳이 아마 필리핀이었을 거예요. 한 마을에 문맹을 깨치지 못한 사람들을 앉혀 놓고 주민들에게 토론을 붙입니다. 우리 마을에서 가장 훌륭한 이웃은 누구인가? 처음에는 다들 범생이들을 골라서 들먹입니다. 목사님, 동사무소 서기, 학교 선생님 이런 분들이 대체적으로 주민들 앞에서 추한 모습들을 안 보이고 살았으니 그 분들을 대상으로 토론이 심화되는데, 이모저모 들추다 보면 그들의 약점이 하나씩 드러나기 시작합니다. 이렇게 두 달 동안 토론한 끝에, 처음에 아무도 거들떠보지 않던 동네 주정뱅이가 가장 훌륭한 이웃이었다고 평가됩니다. 그 주정뱅이는 원주민 누구나가 그렇듯이 한이 많은 사람이고, 특히 원주민 중 누구보다도 상처를 심하게 입어서 세상을 사랑하기가 아주 어려운 처지에 있는 사람입니다. 그러나 그는 남에게 폭력을 가할 줄 모르는 사람입니다. 자신의 아픔 때문에 타인에게 상처를 입히지 않기 위하여, 그래서 더욱 정신이 말짱해지면 힘이 드니까 계속 술을 마시는 겁니다. 그래서 주정뱅이가 될 수밖에 없었다는 것을 아는 순간 그보다 훌륭한 이웃은 없었음을 알게 된 겁니다. 인간의 삶에는 이렇게 선이 유죄가 되고 악이 무죄가 되는 경우도 굉장히 많습니다. 이 난감한, 존재의 어둠을 소명하는 것. 어떤 의미에서는 그것이 세상살이에서 가장 중요한 숙제일지도 모릅니다. 여기에서 살아 있는 인간의 삶을 다루는 도구로써 문학이 출현합니다.

꿈 상처 절망 용기…의 발명자들

이제 우리는 문학의 대문 앞에 거의 당도했습니다. 문학은 인간학이다, 인간문제를 다루는 것이다, 어떻게 다루느냐? 인간형 탐구로, 성격 창조로 다루는 것입니다. 여기서 '성격'이라는 말은 무엇이냐면 국어사전에 나오는 뜻과 달리 인간유형이라는 의미로 받아들여야 합니다. 살아 있는 인간형을 문학 용어로 '성격'이라고 합니다. 문학이 자기의 소명을 수행하는 방법이 성격 창조에 있다는 점을 알게 되면, 우리가 글을 쓸 때 가장 중시하고 핵심적인 사안으로 여겨야 할 게 무엇인지 밝혀집니다.

옛날 얘기인데요, 대학신문 같은 데서 황석영의 「삼포 가는 길」을 읽고 '백화'에게 편지를 쓰세요, 이런 공모를 하면 셀 수 없이 많은 원고가 투고 되고는 했어요. 그런 여인이 마치 이승 어딘가에 살아 있기라도 하다는 듯이 말예요. 사실 '백화'라는 여자는 실존하지 않는 인물이죠. 헌데 정녕 실존하지 않는 인물일까요? 이순신 장군은 실존합니까, 실존하지 않습니까? 인간의 목숨은 유한하기 때문에 금방 소멸하지만 그것이 의미했던 것, 그것이 하나의 성격으로서 우리들 삶 속에서 맡는 역할은 소멸되지 않습니다. 이순신은 생존 인물이기 때문에 살아있는 성격으로서 의미 있게 받아들이고 춘향이는 문학작품 속에서 출현한 가공의 인물이기 때문에 배울 필요가 없다, 이렇게 각박하게 생각하는 사람은 아마 없을 거예요. 당연히「삼포 가는 길」이 우리에게 안겨준 첫 번째 선물은 '백화'처럼 강렬하고 아름다운 슬픔과 함께 우리 자신의 삶을 돌아보게 하는 인간 '명명태 (命名態)' 즉 성격입니다.

이렇게 한 편의 작품을 읽고 그 작품 속의 인물에게 편지를 쓸 수 있으면 일단 성격 창조가 이루어진 작품입니다. 성격 창조가 되지 않은 작품은 어떻게 의미 부여를 해도 일단 실패한 작품입니다. 그런데 작품을 읽고 나서도 딱히 성격이 느껴지지 않아서 편지를 쓸 수가 없을 정도면 그 작품은 상당히 난처한 경우에 속합니다. 한 번 돌이켜보세요. 조정래의『태백산맥』을 읽으면 중요 인물 서열로 봤을 때 '소화'라는 여인은 엑스트라 급에 불과합니다. 그러나 조정래의『태백산맥』을 빛나게 하는 성공적인 인간형을 들라면 저는 주저 없이 '소화'와 '염상구'를 들겠습니다. 특히 염상구는 미워해야 마땅한 징그러운 악역임에도 불구하고 인상이 너무 뚜렷하여 마치 옆집에 살고 있는 사람처럼 실감이 납니다. 저는 염상구라는 이름으로 밝혀진 인간형을 셀 수 없이 경험해 왔습니다. 이런 게 성격 창조에 성공한 예입니다.

소설을 예로 들었지만 시도 마찬가지예요. 박노해의『노동의 새벽』을 읽고 「손무덤」의 주인공에게 편지를 쓰라면 답이 어떻게 나올까요? 20세기의 한국인들이 인간 군상을 이해하는데 박정희 김대중 김영삼 김종필……들이 중요한 영향을 미쳤던 것처럼 임꺽정 장길산 서희 백화 소화도 그 못지않은 영향을 미쳐 왔습니다. 조세희의 『난장이가 쏘아올린 작은 공』은 학문적인 논술에서조차 "1970년대는 난장이들의 시대였다"라고 말할 수 있게 만듭니다. 역으로 작품을 읽었는데 인물이 그려지지 않고, 스토리가 전개되는 동안에도 기억나는 사람이 없다면 이를 우리는 실패작이라고 말할 수밖에 없습니다. 문학은 성격 창조를 통해서 인간 문제에 답한다, 성격 창조에 실패한 작품을 문학사적 지평 위에서 논할 수는 없다, 이것이야말로 문학의 인간학적 가치가 아닐 수 없다는 얘기입니다. 이렇게 살아 있는 성격을 그리는 게 문학이라는 점을 이해하지 못하면 앞으로 창작 활동에서 숱한 방황을 거듭하게 됩니다. 어떤 작가가 창조하여 세상에 던진 인간형이 당대 사회의 곤혹과 딜레마를 관통 하는가 그렇지 못 하는가를 묻는 것만큼 중요한 질문은 없습니다. 다른 요소들의 뛰어남은 그에 비하면 부차적인 것에 불과합니다.

그럼 성격 창조를 잘 하려면 어떻게 해야 할까요? 〈쉬리〉라는 영화를 안 본 사람은 없겠지요? 이 영화에서 시나리오 상으로 가장 중요한 인물은 한석규가 맡은 역입니다. 그 주인공의 활약상을 펼치기 위해 배치된 부차적 인물 군에 제1 악역을 맡은 최민식이 있지요? 헌데 관객이 많이 들어서 9시 뉴스에서 인터뷰를 따는데, 주연을 맡은 한석규가 아니라 조연인 최민식에게 인터뷰를 청해요. 이유를 알겠지요? 기자가 물어요. 연기를 잘한다고 평가가 자자한데, 그 비법을 어디에서 찾을 수 있는가? 최민식이 답합니다. 자기는 남파간첩이므로 말투에 북쪽 사투리가 섞여 있어야 맞대요. 그런데 한국사회에서 북쪽 사투리가 희화화 되어 있어서 그렇게는 (성격 창조가) 어렵겠다고 보아서 자기 입에 붙어 있는 평소의 언어를 사용했다고 해요. 한없이 흥청거리는 서울의 밤거리를 향해 울분을 터트리던 명장면이 이렇게 해서 나온 겁니다. 여기서 최민식이 시나리오 상에 설정된 어투를 사용하지 않은 핵심 이유가 '살아 있는 인간형의 창조'에 있다는 점을 주목해 보세요. 조금 지난 영화들입니다만 〈넘버3〉에서 송강호의 말더듬 연기, 〈타짜〉에서 아귀가 위악을 보이는 연기는 모두 작고 보잘 것 없는 역에 불과하지만 배우가 명연기로 성격을 생생하게 살려놓은 까닭에 작품 전체의 실감이 높아진 사례에 속합니다. 이렇게 해서 또 한 명의 명배우가 탄생하듯이, 문학에서도 살아 있는 인간이 호흡하는 탁월한 장면들을 통해서 한 사람의 위대한 작가가 태어나는 거예요.

　이제 그것이 글쓰기에서 어떻게 나타나는지 살펴보겠습니다. 기억이 희미합니다만, 꽤 오래 전에 어떤 신문사에서 어린이 백일장을 했을 때 뽑힌 작품이「구름은 거짓말쟁이」였습니다.

　　구름은 구름은 거짓말쟁이
　　배고프지 않는데도 배고프다고 찡그리고
　　구름은 구름은 요술쟁이……

대략 이런 시인데, 우리 문학교육, 삶과 표현에 관한 교육이 어떻게 혼란을 겪는지를 보여주는 실례가 아닌가 합니다. 어린이가 쓰는 글이라 하여 살아 있는 인간을 그리지 않아도 된다거나 성격 창조에 미치지 못할 수 있다고 보는 것은, 글쎄요, 저로서는 납득할 수 없는 궤변에 속합니다. 현실은 정반대거든요. 자, 이렇게 생각해 봅시다. 어른이 초등학교 저학년 학생과 언덕에 앉아서 구름을 보고 있어요. "저 구름이 뭐 같아?" 이때 "구름은 거짓말쟁이 같아요." 말할 어린이가 현실 속에 있을까요? 어쩌면 심하게 자폐증을 앓거나 분열증을 앓는 어린이 중에서 그런 친구가 있을지도 모르죠. 그러나 일반적으로 이처럼 실존적 무게감이 느껴지지 않는 상상력이란 발생하기가 쉽지 않습니다. 그 어디에서도 영혼의 무게가 느껴지지 않지 않아요? 더구나 시적 이미지를 펼치는 솜씨, 운율과 언어 조탁에 훈련된 정도는 상당한 수준을 보이고 있어요. 그런 어린이가 어떻게 이토록 실감이 담길 여지가 없는 유치한 생각을 할 수 있겠는지요? 제 생각에 이 작품은 어린이에게는 실존적 고뇌가 있을 수 없다고 생각하는, 나이가 좀 어리면 깔보는 어른이 직접 혹은 간접(이를테면 교육 효과로)으로 개입돼 있어 보입니다. 어린이의 세계를 무중력지대로 추상화시킨 어른의 눈높이에서 나오는 시라는 거죠. 살아 있는 인간이 등장할 턱이 없어요.

이제 그와 반대되는 경우를 찾아볼까요? 1970년대에 읽었는데, 이오덕 선생이 찾아낸 안동 지역 초등학생의 시였던 것 같아요. 제목은 「내 자지」인데, 낱말이나 토씨는 더러 다르겠지만 중심 내용은 크게 다르지 않을 거라 생각해요.

　오줌이 마려워서 뒤뜰에 갔다
　바지춤을 내리려고 했더니
　해바라기가 자꾸만 볼랴고 했다
　그래서 나는 안 비춰줬다.

　어때요? 이게 시입니다. 성격 창조에 성공한 경우라는 걸 듣는 순
간 바로 알겠지요?「내 자지」는 철학적으로 분석하면 상당한 의미들
이 도출될 게 분명해요. '타자의 발견'이 이루어지고 있잖아요. 그러
나「구름은 거짓말쟁이」는 언어의 조탁 능력과 운율, 이미지를 조직
하는 솜씨가 없는 건 아니나 귀엽게 봐주는 것 외에 더 무슨 이야기
를 할 수 있을까요? '구름은 거짓말쟁이'라고 하는 아이에게 편지를
쓰라면 뭐라고 써야 할까요? 이건 마치, "너는 부잣집 아이라 온실에
서 자라서 아무 아픔이 없지 않니?"라고 말하는 느낌입니다. 참 심난
한 얘기입니다. 세상에 태어나서 외로운 영혼을 소유하고 세계를 인
지하는 능력이 생겼는데 어찌 온실에서 자랐다 하여(사실은 생의 장소
에 온실이 있을 수 있는지도 모르겠습니다만) 상처가 없는 일이 발생할 수 있
겠습니까? 아직 인지 능력이 미처 형성되지 못한 유아들도 스트레
스 때문에 어머니가 안 보이면 울음소리를 키웁니다. 어머니 학습이
전혀 되어 있지 않은 사람에게나 들리지 않을까, 아이의 울음 속에
가득 찬 슬픔과 불안과 고통을 생각하면, 세상에 널리 알려진 표현

그대로 '상처받지 않는 영혼'이 어디 있단 말입니까? 지금 모든 인간에게 공통되게 놓여 있는 세상과의 관계에서 상처를 받거나 꿈을 얻거나 이런 살아 있는 인간의 모습을 그대로 그려내지 않으면 성격 창조에 성공할 수 없습니다. 또한 그래서 삶의 시간들이 계속 솟구쳐 나오는 한 문학의 길은 마르지 않고 계속 솟구쳐 나오게 되어 있습니다.

버스 안내양이 문학에게 받은 선물

    그렇다면 이제 문학이 글을 쓰는 개인에게는 어떤 역할과 기능을 하는지 알아볼까요? 문학은 안으로는 인식의 기능을 하고 밖으로는 사회적 작용을 합니다. 사실 이런 식의 설명은 너무 딱딱하고 재미가 없죠. 실체가 확인이 안 되잖아요. 이렇게 말할 수 있어요.

    "도와주세요. 그이와 더 살아야 될지 헤어져야 할지 알 수가 없어요. 한때는 그렇게 아름답고 애틋했건만 내 인생은 이미 회복불능의 지점에 온 것 같아요."라고 얘기하는 사람이 있을 수 있습니다. 주변에 많죠. 그럴 때 상담을 해주는 이가 명답을 내자면 아주 간단합니다. 그 문제가 발생했던 지점부터 난관에 봉착한 지점까지 글로 한번 써보세요, 하면 되거든요. 거의 틀림없이 답이 나옵니다. 그래서 나중에는, 선생님이 제게 무엇을 가르쳐주려 했는지 알 수 있겠습니다, 아마 이렇게 답할 거예요. 글쓰기가 가지고 있는 가장 놀라운 측면은 글 쓰는 행위 안에 세계를 인식하는 기능이 숨어 있다는 겁니다. 우리는 어떤 문제를 말로 설명할 때 그것의 맥락을 발견하게 되고, 글로 표현할 때 더 명료하게 아주 현장 검증을 하듯이 이해하게 됩니다. 낡은 사회의 가장 구체적인 산물인 나 자신이 새로운 나로 태어나려면 글쓰기를 해야 하고, 이 글쓰기가 세계에 대한 인식의 기능을 하기 때문에 장차 위대한 작가가 될 꿈이 있거나 말거나, 적어도 전인교육을 실시하려면 학생들에게 글쓰기교육을 시키지 않으면 안 됩니다.

또 예를 들어보겠습니다. 중학교 때, 제가 그 학교 2회생입니다. 시골에 중학교가 세워져 아직 운동장도 닦이지 않은 곳으로 입학을 한 거예요. 앞에서 말씀드렸듯이 저는 말더듬 때문에 글 읽기를 먼저 배운 사람이라 중학교 때도 여전히 친구들과 떠들고 노는 것보다 혼자 책 읽는 것을 좋아했습니다. 서점도, 도서관도 없는 동네에서 한 번은, 이 집 저 집 뒹굴어 다니는 책을 주워서 열심히 읽었어요. 어떤 책이냐 하면 청계천 길가에서 1000원에 세 권씩 파는 그런 책이었어요. 제목이 『어느 안내양의 수기』입니다. 내용이 이래요.

전라도 바닷가 마을의 소녀가 서울 친척집에 식모살이를 하러 떠나옵니다. 친척집에는 비슷한 또래의 사내가 있었는데, 마침 사춘기를 맞게 돼요. 저도 사내이지만 이상하게도 사내들에게만 흔한 습성 중 하나인데, 이성에 대한 호기심이 발동하거나 좋은 감정이 생기면 그만큼 잘해주면 좋으련만 이상하게 자꾸 귀찮게 하는 특성이 있습니다. 이 친척집 아이가 그런 축이어서 자꾸 건드려서 힘들게 해요. 사실은 주인공도, 자기 몸에서 일어나는 변화에 대해 아무도 가르쳐주지 않기 때문에 무섭습니다. 그래서 집을 빠져나와요. 다급하게

도망쳐서 시내버스를 탔는데 갈 곳이 없어요. 버스에서 못 내립니다. 결국 종점에서 안내양언니가 데려다가 취직을 시키는 거예요. 그래서 주인공도 버스 안내양이 되어 세파를 헤쳐가게 되지요. 이제 손님들과 싸우는 과정이 수없이 나옵니다. 차비를 안 내려고 숨는 것이 얄미워서 기어이 찾아내니까 침을 뱉고 가는 사람, 머리카락을 잡는 사람, 자꾸 발을 걸어서 괴롭히는 사람, 제일 힘든 것은 속어로 삥땅이라 하는데 혹시 아는가요? 안내양이 돈을 감출까봐 단속하기 위해서 뒤지는 겁니다. 신체에 가장 예민한 나이에 접어든 여성을 벗겨서 항문까지 뒤지는 거예요. 수치심, 모욕감, 인간 혐오, 이런 것들을 고향에 있는 동생만은 겪지 않도록 하기 위해 열심히 돈을 모으는 겁니다.

저는 이 책을 얼마나 여러 차례 반복해서 읽고 울었는지 몰라요. 그러면서 거듭 문학이 인간에게 행하는 두 가지의 영향을 깨닫게 합니다. 하나는 자기 인식의 기능으로서 글을 쓴 사람이 그로 인해 뭘 얻었는가 하는 점입니다. 그게 후기에는 이렇게 나와 있어요. 나는 이 글을 쓰는 동안 계속 잠을 설쳤다, 어떤 때는 쓰다가 엉엉 우는 바람에 옆 사람까지 못 자게 하기도 했다, 어떤 대목은 복받쳐서 여러 날이 지나도록 한 글자도 옮길 수 없었는데 그러고 나면 내가 부쩍 어른이 된 것 같았다, 이 글을 쓰기 전까지만 해도 나는 퍽 불행한 사람이라고 생각되어 슬픈 감정을 많이 가졌는데, 이제 그렇지 않다, 그간 고생한 것이 아깝지도 억울하지도 않다, 같은 또래의 친구들에 비해 어려움을 더 잘 이길 수 있는 사람이 된 것만 봐도 그렇다, 후기는 대략 이런 내용 끝에 가난한 부모님께 고맙다는 말을 하고 끝맺고 있습니다. 이 안내양은 문학이 인간에게 어떤 일을 하는지, 예컨대 문학의 사생활에 대해서 매우 중요한 고백과 실증을 제공하고 있어요. 예를 들어서 자기가 고향을 떠나 처음으로 기나긴 고개를 넘을 때는 그게 무엇을 의미하는 건지 몰라서 그냥 지나왔다 이거에요. 헌데 나중에 쓰면서 보니까 억장이 막혀서 견딜 수 없더라, 세상에 그 나이에 그 길이 어떤 길인지 알고 넘었던가, 그 고개를 넘으면 무엇이 기다리고 있을지 모르고 겁도 없이 보따리에 기대어 내일을 꿈꾸었던가, 이런 식으로 말이에요.

이 같은 내용은 글을 쓰는 과정이 단지 생각을 글자로 베껴내는 과정이기만 한 것이 아니라 자기를 새로운 자기로 깨어나게 하는 과정이기도 하다는 것을 보여줍니다. 우리는 보통 말을 하면서 세계를 깨닫고 그것을 정리하곤 합니다. 어려운 고민이 발생했을 때 상담이 필요해지는 것도 반드시 상대자가 해결책을 내려주어서가 아니라 자기가 이야기하면서 스스로 정리할 수 있어서이기도 합니다. 글쓰기는 말하기의 열 배 위력은 될 거예요. 머릿속에서 애매한 것은 써보면 압니다. 장차 작가가 될 꿈이 없는 어린이에게도 글쓰기 교육을 시켜야 하는 이유가 바로 여기에 있지요. 낡은 사회의 가장 구체적인 산물인 나 자신을 새로운 나로 재생시키는 과정이 글쓰기의 과정이라고 생각하고 보면 문학이 인간에게 얼마나 소중한 것인가를 실감할 수 있게 됩니다.

이제 대국적인 측면을 생각해보겠습니다. 안내양은 무슨 마음으로 고생스럽게 수기를 쓸 생각을 했을까요? 누구나 느끼듯이 글쓰기가 얼마나 어려운 일입니까? 피가 마른다고들 하잖아요. 물론 글을 써서 삶의 질을 좀 높이고 싶은 생각이 들었을 수도 있긴 하죠. 인간이 삶의 경험 속에서 철들고 강해지려고 노력하는 일은 누구에게서라도 일어날 수 있는 일입니다. 예전에 걸었던 길을 원고지 위에서 다시 걸으며 당시에는 놓치고 지나간 것들까지 되새겨낸다면 그 인생은 대단히 풍요로워질 것이 틀림없어요. 마치 같은 세월을 살면서 두 배의 경험을 얻는 것 같을 테니까요. 하지만 저는 그 안내양이 그런 생각으로 글을 썼으리라고는 생각지 않습니다. 그 수기를 쓴 영혼이 가장 필요로 했던 일, 당장의 삶이 어려우면서도 도대체 그냥은 지나갈 수 없을 것 같은 이상한 열정을 발동시킨 요인을 '세계를 향한 고독한 외침'이라는 말로 표현할 수는 없을런지요? 세상으로부터 인격적인 대우를 받지 못했다고 생각하는 자의 억울한 마음이 저변에 있었을 거예요. 안내양도 사람이다, 인간대우를 해 달라, 이런 것 말이에요. 왜 나를 제 운명을 헤쳐 가는 사람으로 여기지 않는가? 가난하다고 꿈이 없다고 보는가? 이런 고독한 외침이 내면에서 일었을 때, 그것을 달성하기 위하여 안내양이 걷어붙이고 나서서 설득을 하러 다니기로 든다면 그는 하루에 다섯 사람을 설득해낸다 해도 평생을 가야 일 년에 동사무소 한 곳에 출입했던 주민 숫자만큼도 설득시키지 못할 거예요. 여러분 같으면 누가 그런 말을 한다고 들어주기나 하겠어요? 헌데 『어느 안내양의 수기』는 전라도 골짜기에 살고 있는 저 같은 소년에게까지 쳐들어와서 변화를 만들어냈어요.

그 책을 읽을 때 저는 솔직히 안내양을 본 적이 한 번도 없는 촌놈이었습니다. 우리 시골에 다니는 버스는 차장이라고 부르는 남자 조수가 있어서 깡패같이 무서웠단 말이에요. 따라서 제가 책을 읽으며 펑펑 울었던 결과가 드러날 자리가 없었지요. 그런데 나중에 고등학생이 되어서 도회지로 유학을 나가니 안내양을 보게 됩니다. 이때 버스 안에서 제가 그 책의 지배를 받고 있음을 깨달아요. 좀 우스운 고백인데요, 저는 시내버스를 타면 안내양의 비위를 맞추기 위해서 대단히 세심한 배려를 기울였어요. 차비도 알아서 잘 내고, 통로가 막히지 않도록 앞장서서 밀고 들어가고, 안내양하고 손님이 싸우면 대부분 안내양 편을 들게 됩니다.『어느 안내양의 수기』를 읽으면서 눈물을 한 방울 뚝 떨어뜨린 사람은 누구나 안내양에게 동화된 사람입니다. 독자가 감동을 받는다는 것은 작가의 입장을 깊이 이해하고 그 뜻에 온몸으로 공감하다는 의미를 갖는 것이에요. 문학의 사회적 작용의 강력한 힘이 행사되어 버린 지점, 글쓴이의 생각과 독자의 이상이 결합해버린 지점, 이렇게 해서 내가 닿을 수 없는 어느 곳까지 나의 글이 떠돌아다니며 내가 할 수 없었던 역할을 합니다. 이를 문학의 사회적 작용이라 하면 말이 되겠는지요? 어떻습니까? 글쓰기가 고단해도 한 번 해볼 만한 일인 것 같지 않습니까?

2장

언어라는 생물에 대하여

예술과 다른 언어

이제 예술의 언어문제를 생각해볼까 합니다. 일반적으로, 진선미의 경계가 언어에서 달라진다고 생각하는 사람은 많지 않습니다. 하지만 미국은 영어를 사용하고 중국은 한자를 쓰는 것만큼이나 분명하게, 세계를 탐구 하는 자는 과학의 언어를, 신을 섬기는 자는 종교의 언어를, 삶의 감정을 다루는 자는 예술의 언어를 쓰기 마련입니다. 종교의 언어는 비교적 구분하기가 쉽습니다. 신을 부를 때 주술을 사용하기 때문입니다. 그런데 과학과 예술의 언어는 구분이 쉽지 않아요. 두 언어의 경계가 낱말의 표면이 아니라 그 내부에 있기 때문이에요. 실은, 자세히 보면 전혀 비슷하지 않습니다. 예를 들어 볼까요?

제가 고등학교 때 일입니다. 문예반에 들어갔는데 선배들이 『제자백가』를 읽으라는 거예요. 세상에! 그렇게 어려운 책을 읽으라고? 잔뜩 겁을 먹었는데, 막상 읽어보니 좀 이상했어요. 책을 펼치면 '장자편'에서 붕새 이야기가 나옵니다. 옛날에 '곤'이라는 물고기가 있었는

데, 몸뚱이가 엄청나게 컸나 봐요. 이게 몇 백 년인지 몇 천 년인지를
(제가 숫자에 약하다는 건 아시지요?) 살고 나면 '붕'이라는 새가 되어 하늘
을 납니다. 하도 커서 대붕이라 했는데, 이 대붕이 날 때는 파도를 삼
천 리나 일으키고, 구만 리 높이로 오른 다음 큰 바람을 탑니다. 한
번 나래를 펴는 게 구만리장천이요, 잠깐 쉬는 동안에도 몇 천 년이
흘러요. 때마침 그 밑에 있다가 하늘이 깜깜해진 것을 경험한 비둘
기나 매미가 한심스러워서 발을 구릅니다. 우리처럼 작은 가지에 머
물면 될 걸. 상상해 보세요. 동서고금을 통틀어 가장 오래 된 왕조가
어느 정도 유지됐습니까? 붕새의 발등에 집을 짓고 사는 생명체에
게는 대지가 마치 살아있지 않는 것처럼 느껴지겠죠. 그래서 장자가
말합니다. 하루살이는 밤과 새벽을 모르고, 매미는 봄과 가을을 모
른다. 아침에 태어났다 저녁에 죽는 벌레는 일 년의 의미를 알지 못
하고 아침에 피었다 저녁에 지는 꽃은 계절의 의미를 알지 못할 수
밖에. 이렇게 작은 목숨은 작은 문제밖에 알지 못할진대, 어떻게 대
붕의 뜻을 짐작할 수 있겠느냐?『제자백가』는 이런 식으로 현자의
사상이랄까 생각의 크기랄까 하는 것을 전합니다. 어라, 고전이 이
렇게 쉽다니!

　그런가 하면, 고전 중에는 상당히 어려운 것들도 있습니다. 가령,
아리스토텔레스의『시학』은 어떻게 보아도 논문에 속해요. 앞엣것이
'형상'을 보여준다면 뒤엣것은 '개념'을 들려주는데, 이 개념의 행간에
서 들려오는 소리는 인간의 고막을 통과한 후에 '이야기'가 아니라
'지식'을 조립합니다. 근대 이후 우리는 오랫동안 '개념의 시대'를 살

앉어요. 일제 강점기 때 서당이 해체되고 신식 학교가 들어선 이후 줄곧 낱말의 뜻이나 거기에 얽힌 의미를 익혀야 했습니다. 학교에서도 단답형이나 사지선다형으로 시험을 보고, 또 공식위주, 암기위주의 학습을 하도록 달달 볶아요. 그렇게 공력을 들이는 보람이 어찌 없겠습니까만, 생각해보면 좀 허망하기도 합니다. '알긴 하지만 말할 수 없는 경우'가 많잖아요. 개념이라는 게 틀림없는 현실의 지식이기는 하나 우리가 나날이 목도하는 일상의 모습과 똑같은 외모를 가지고 있지 않은지라 어쩔 수 없이 그 적용의 문제, 실제성의 문제가 제기되는 겁니다.

형상과 개념, 이 둘의 차이는 동양과 서양의 지적 전통을 엄청난 크기로 벌려 놓았습니다. 동양을 보세요. 서당에서 '천자문'을 익힐 때는 "하늘은 검고 땅은 누렇다!"고 노래한 어느 인격체의 내면 형상을 숙지했습니다. 시험의 방식도 소재 하나를 던져서 시를 짓게 하고, 채점도 합평회를 하듯이, 이 정도면 지혜가 있고 성품도 원만하며 학식도 깊으니 세상을 다스릴 수 있겠구나, 하는 식이었던 것입니다. 우리에게 가까운 예로, 조선시대가 이렇게 오백 년 동안 백일장에서 장원급제한 사람을 관료로 발탁했다면 근대 이후에 도입된 서양식 제도는 '고시'라는 걸 보게 했어요. 사법고시, 행정고시, 그런 것들은 개념적인 학문을 통해 축적된 지식을 측량하는데, 여기에 인격이 담기느냐 물으면 다들 고개를 저을 겁니다. 확실히 형상 언어에는 개념 언어에 없는 무엇인가가 있어요. 제가 주목하고자 하는 것은 이것입니다. 바로 여기에 과학과 예술의 휴전선이 있거든요.

둘의 차이를 설명해볼게요.

지상의 풍경들 중에서 한국인의 마음을 가장 크게 흔든 소재가 무엇일까요? 문학을 들여다보면 알 수 있어요. 지금은 시골의 빈 집을 보아도 정서적 파동을 일으키는 사람이 많지 않습니다. 전에는, 농경 마을에서 집을 잃는 것은 대지를 잃는 것이요, 삶의 근거지를 상실함을 의미했어요. 산업화 시대에는 노동권을 잃는 것이 실존의 무대를 잃는 것이고, 디지털 시대에는 네트워크를 잃는 것이 생존의 근거지를 잃는 셈이 되나요? '빈 집'이 한국문학사를 빛내는 소재로 군림했던 사연을 이쯤이면 어렴풋이 짐작할 수 있을 거예요. 때로는 '낡은 집'으로 표현되기도 하고 '모촌'이나 '폐가' '흉가' 혹은 '대밭'으로 드러나기도 했던 '빈 집의 눈길(視線)'은 무려 60년 이상 우리 문학사를 풍미했어요. 오장환, 이용악, 백석을 비롯해서 수많은 시인이 빈 집의 서정을 범람시켰으며, 그곳에서 뿜어져 나온 섬광에 놀라 이후 많은 시들이 거기에 빛을 졌어요. 왜 그랬을까요?

서울이라는 도시는 불편하고 나쁜 점이 많습니다. 교통지옥이고 대기오염이 심하고 인심도 사나우며 이웃들도 하나같이 개인적입니다. 시골은 다르지요. 차도 안 밀리고 공기가 좋으며 이웃 간의 관계도 말할 수 없이 훈훈해요. 그래서 순진한 아이들은 시골에 빈 집이 늘어나는 것을 이해할 수 없습니다. 살기 좋으니 사람이 많아져야 할 텐데 갈수록 줄어들다니! 도대체 시골을 왜 떠나는 걸까? 의문이 있으면 응답도 있기 마련입니다. 저는 지금 그 결과가 두 종류로 전개된다는 말을 하고 싶은 겁니다. 먼저, 하나의 예로서 이영기의

「현단계 농업구조 변화의 동향과 그 성격」이라는 논문을 살펴보기로 합시다. 글은 크게 네 토막으로 이루어져 있는데 첫째 토막은 이렇습니다.

이글의 목적은 현단계에서 농업구조의 변화의 기본적인 동향과 구조문제의 성격을 밝힘으로써 한국농업의 구조재편방향에 대한 정치적 함의를 얻는 데 있다.

'정치적 함의를 얻는다'는 말이 좀 어렵긴 하지만, 하여튼 이 글은 그러한 목적을 달성하기 위하여 개념적인 서술방식에 설득력 있는 통계수치를 동원합니다. 그것이 뚜렷이 드러나는 곳이 두 번째 토막입니다.

농가인구의 농외유출은 1970년대 후반 이후 심화되어 1980년대에 와서는 더욱 격화되고 있다. 기간별 농가인구의 연평균 유출률은 1970년대 후반 3.4퍼센트에서 1980년대 전반 6.0퍼센트 그리고 1980년대 후반에는 6.4퍼센트로 높아졌고, 농가인구가 크게 줄어든 1980년대 후반에도 해마다 약 50만 명 정도의 농가인구가 농외로 유출한 것으로 추정된다.

여기서 '농외유출'이란 말은 고상한 표현 같아도 속뜻인즉 정부가 농민을 대지에서 내몰았다는 말에 불과합니다. '개방농정'의 내막이

'살농(殺農)정책'이에요. 좀 슬프지요? 정부가 농촌 인구를 도시의 산업 인력으로 내몰기 위해서 엄청나게 치밀하고도 강압적인 작전을 펼쳤어요. 그것을 '살농정책'이라 합니다. 하지만 이 글의 어디에서도 허리띠를 졸라매다 못해 마침내 떠나야 했던 시골사람들의 심정, 슬픈 사연 따위는 그려지지 않습니다. 그래서 어떤 이농민도 논술의 행간에서 자신의 모습을 찾아낼 수 없다는 아쉬움을 남겨요. 농촌을 떠나올 때 가난한 순서로 온 것도 아니고 농사짓기 싫어하는 순서로 온 것도 아닙니다. 이웃 문제, 애정의 문제, 자녀문제, 기타 등등의 문제는 물론이고, 객관 현실의 심각성을 받아들이는 정도에 따라 이농의 형태는 천차만별일 수밖에 없었어요. 경우에 따라서는 피눈물을 흘리며 야반도주를 감행한 사람도 있을 것이고, 경우에 따라서는 정도 들고 미움도 나눈 이웃들에 대한 애증의 교차도 있었을 것입니다. 그러나 이 글은 너무도 침착한 나머지 냉랭하기까지 합니다. 왜 그럴까요? 몇몇 개인의 처지가 중요한 게 아니라 사회구조적 변화의 문제가 중요하기 때문이에요. 이 글의 필자가 중시하는 것은 철두철미하게 공정하고 객관적이며 과학적인 논술입니다. 그래서 독자는 이농한 자들이 '허파에 바람이 들어서' 떠나는 것이 아니라 생존의 위협 때문에 어쩔 수 없이 떠났음을 알게 됩니다. 개인의 편파적 감정에 의한 진단이 아니라 통계수치와 객관자료를 증거로 제출하고 있는 만큼 자료의 타당성 여부에 동의하는 자는 대부분 결론에 동의하게 되어 있지요.

이제 그와 대별되는 사례로써 김용택 시인의 「섬진강」을 읽어볼까 합니다.

> 저렇게도 불빛들은 살아나는구나
> 생솔연기 눈물 글썽이며
> 검은 치마폭 같은 산자락에
> 몇 가옥 집들은 어둠 속으로 사라지고
> 불빛은 살아나며
> 산은 눈 뜨는구나

「섬진강 2」

느껴집니까? 이 시의 서정적 화자는 앞의 사회과학자처럼 '독점자본의 농업, 농민에 대한 지배, 수탈의 강화에 의해' 초래된 '이농과 경영표지에 의한 농가호수의 급격한 감소'를 설명하지 않아요. 어려운 개념을 구사하거나 까다로운 통계수치 따위를 동원하지도 않습니다. 하지만 독자는 한 영혼이 처한 실존의 환경을 충분히 알 수 있습니다. 김용택 시인은 「섬진강」을 쓰기까지, 임실농고를 졸업하고 잠시 교원양성소에 다니느라 광주에 있었던 것을 제하고는 내내 전북 임실군 덕치면에서만 살아왔다고 들었어요. 민감하고 섬세하고 풍부한 감성을 가진 인간이 한 지역에서 40년 이상을 살았다면 그에게서 고향은 이미 일개 거주 지역이 아니라 어머니의 탯줄과 같은 생명계 자체입니다. 아니나 다를까 그가 쓴 시의 화자는 봄이 오면 섬진강의 물빛이 어떻게 변하고 어느 가지부터 싹이 트며 해질녘의 산빛이 어떻게 다른지를 알고 있습니다.

> 그대 정들었으리
> 지는 해 바라보며
> 반짝이는 잔물결이 한없이 밀려와
> 그대 앞에 또 강 건너에
> 깊이깊이 잦아지니
> 그대, 그대 모르게
> 물 깊은 곳에 정들었으리
>
> 「섬진강 3」

에구, 물 밑까지 정 들었다 합니다. 어떤 때는 권태롭기조차 했던 풍경들. 언제나 물이 흐르고 있고, 그 속에 돌멩이도 몇 개, 물 먼지가 덮인 흐리 사이로 미꾸라지도 왔다 갔다 했을 텐데, 화자는 그런 풍경을 정들고자 바라본 건 아닐 거란 말예요. 어떤 날은 지게가 무거워서 불가피하게 고개를 숙이다 보니 바라보게 되고, 어떤 날은 콧노래 끝에 담배도 한 대 피우면서 꽁초를 던지느라 바라봤으련만, 나중에 보니 어쩌자고 물 밑바닥까지 정들어 버렸어요. 이게 왜 문제일까요? 「섬진강 16」에 그 이야기가 나옵니다.

그는 뿌리치듯 짐 실은 차 뒤칸에 올라타 우리들을 외면했다. 아주머니들은 훌쩍이며 치마자락을 걷어올려 눈물을 닦고 아이들은 어머니

들의 치마자락을 잡고 서있었다. 저녁내내 세간살이들과 한데서 시달

릴 그를 생각하니 목이 메어왔다. 차가 회관 마당을 서서히 빠져나가자

물소리가 크게 쏴쏴 저 앞 강굽이를 돌아갔다. 헤드라이트 불빛이 잠깐

노딧거리를 비췄다. 강물소리가 쏴 하며 우리들 가슴을 크게 쓸었다.

　피와 땀과 살을 섞었던 땅, 버림받고 무시당하면서도 나라에서 시키

는 대로 다 했던 땅, 그래도 정 붙여 살았던 땅, 서른다섯에 이사라니.

「섬진강 16」

　이렇게 자연과 일체화되어 있는 사람이 나이 서른다섯에 농촌을

떠나려 합니다. 농촌에서 그 나이가 되도록 살았으면 외지에 나갈

만한 능력을 갖추었을까요? 그런 사람이 자발적 이농을 택해도 될

까요? 천만에요. 1960년대의 한국농촌에는 빈 집도, 이농인구도 아

주 적었습니다. 그런데 1970년대를 지나고 1980년대에 이르면 놀

라울 만큼 무서운 이농전쟁이 시작됩니다. 그리하여 불과 10년, 20

년 만에 농촌에서는 50~60대의 노년층이 청년회를 구성하고, 아예

텅 비게 된 마을도 허다하죠. 이유는 분명합니다. 극장에서 대한뉴

스 같은 걸 보면 구구절절이 공장에서 일하는 산업역군들이 어떤 성

과를 빚는지, 텔레비전을 만들고 밥솥을 만드는 노동자들이 얼마나

멋있는지를 보여주면서, 한없이 초라한 농촌을 더는 사랑할 수 없도

록, 도시의 삶이 얼마나 꿈과 희망에 가득 찬 것인지를 계속 대비시

키는가 하면, 교육기관조차도 농고는 추락하고 공고, 상고는 계속

경쟁률이 높아지게 하는 과정을 통해서, 농촌에서의 삶이 형편 무인

지경으로 피폐화됩니다. 정부가 앞장서서 재촉하니 조금이라도 꿈이 남아 있는 자라면 어서 떠나지 않을 수 없어요. 그래서 참으로 경쟁력이 없는 사람이 자그마치 서른다섯 살에 이르러, 그냥 죽을 수는 없으니 일단 떠나는 겁니다. 아무리 무능한 사람도 서울만 가면 명절 때 하얀 얼굴로 고향에 오더라는 사실 하나는 믿었겠지요. 그가 이사 가는 모습을 보세요. 마을회관 앞에서 짐을 싸서 트럭에 싣습니다. 이웃들이 나와서 보니 한심하죠. 그래서 걱정이 태산 같은 사람들과 일일이 악수를 나눈 후에 차에 올랐어요. 이윽고 시동이 걸리자 귓전에서 뭐가 딱 끊겨요. 그것은 그의 신체 안에서 피처럼 흐르던, 그의 생체 리듬이 되어버린 강물소리였어요. 그게 엔진 소리에 딱 단절되었다가 차가 서서히 마을을 빠져나와 고속도로 상에 들어서자 갑자기 귓전에서 큰소리로 부서지기 시작합니다.

'빈 집'이 무엇인지 느껴집니까? 저는 여기서 하나, 현실의 풍경, 둘, 논문, 셋, 문학작품, 이 세 가지를 비교하고 싶습니다.

현실의 풍경은 가장 풍요로운 사유의 원천이자 사회과학, 또 문학의 토양이지만 우리는 그것만으로는 풍경의 본질을 알기가 힘듭니다. 겉으로 보이는 숱한 현상들이 섬세한 사유의 '체'로 걸러지고 전형화의 대패질에 벗겨져 나가 마침내 속엣것을 드러내게 된 논문과 문학작품으로 변했을 때에야 비로소 쉽고 명쾌하며 의미 깊게 다가오지요. 다음으로 논문에 의해서는 불필요하고 특수하며 예외적인 것들은 다 잘려나가고 고도의 추상화에 의해 보편타당한 것들만 남습니다. 이것은 개념적 사유의 결과인데 우리에게 풍경 낱개의 조합인 듯한 형상들을 판단할 지식체계를 주어 객관적으로 검토할 수 있도록 이성을 안겨줍니다. 그러나 문학작품은 그런 객관 세계에 직접 살아있는 인간의 형상을 담아 우리로 하여금 그 형상을 동정하거나 미워하게 만들어요. 이것은 형상 사유의 결과이지만 우리의 감정에 불을 붙이는 역할을 합니다.

다시 정리해 볼게요. 과학의 언어는 개념적인 언어이고 예술의 언어는 형상적인 언어입니다. 과학의 언어는 성격을 배제시킨 언어이고, 예술의 언어는 성격을 품고 있는 언어입니다. 과학의 언어는 해석에 사용되는 언어이고, 예술의 언어는 창조에 사용되는 언어입니다. 과학의 언어는 통계와 보편을 다루되 통계, 수치 같은 데이터를 제공해서 지식을 주고 설득을 목표로 합니다. 예술의 언어는 감정을 담아서 개별적이고 특수한 존재들의 삶을 통해서 감흥을 불러일으키고 감동을 주는 것을 목표로 합니다. 그래서 형상적인 사유를 잘하고 형상적인 언어를 잘 다루는 사람이 예술적 재능이 뛰어난 사람이고, 개념화를 잘 시키고 보편, 추상을 통해서 이해할 수 있는 것을 잘 포착하는 사람이 과학 쪽으로 재능 있는 사람입니다.

문학과 다른 언어

학문의 형태가 동양에서는 주로 형상적인 언어로 발달한 점은 흥미로워요. 사상이 모두 이야기잖아요. 그런데 근대 서양 학문이 들어오면서 과학의 언어가 지식을 전담해요. 예술은 작문, 음악, 미술 시간 등 오락, 유희의 시간으로 이동해가고, 근대 교과 과정을 통해서 철저하게 사지선다형으로 과학적인, 개념적인 언어가 득세하게 됩니다. 공식적인 언어가 모두 개념의 연결로 되어 있잖아요. 그래서 근대 학문을 접하지 않으면 않을수록 형상 언어에 능숙해지는 측면도 있습니다. 가령, 사투리를 유창하게 사용하는 시골 학생들이 학교에서 연극을 할 때면 꼭 표준말을 쓰려는 증상을 앓아요. 개념, 과학, 표준에 대한 강박증인데, 사투리는 개념에 훈련되지 않은 대신 형상과 성격을 담고 있으니 그들은 거꾸로 된 노력을 하는 셈이 됩니다. 그에 반해 인디언이나 유목민의 언어는 어떻습니까? 제가 『조드』라는 소설을 쓰면서 알게 된 사실인데, 칭기스칸 시대에는 "해가 뜨는 곳에서 해가 지는 곳까지 칸의 땅이라고 푸른 하늘이 명하

셨다." 하는 말로 영토를 구획하고, "태어나는 곳은 달라도 묻히는 곳
은 같다."는 말로 형제의 맹약을 했어요. 다시 강조할게요. 이 같은
형상 언어에는 반드시 성격이 투영돼 있습니다. 여기서 한 가지 생
각해볼 게 있어요. 『루쉰의 삶과 사상』이라는 책의 서문에 이런 말이
나옵니다.

> 책을 배우는 것보다 사람을 배우는 것이 훨씬 쉽다. 쉬울 뿐 아니라
> 사람 배움에는 가슴에 와닿는 절절함이 있다. 이것은 책에는 없는 것이
> 다. 한 그루 나무가 그 골짜기의 물과 바람을 제 몸 속에 담고 있듯이 사
> 람의 삶 속에는 당대 사회와 역사의 자취가 각인되어 있다. 사람 속에
> 각인되어 있는 이 사회성과 역사성은 책 속에 정리되어 있는 사회적 분
> 석이나 역사적 고증에 비하여 훨씬 더 친근하고 생동적이다. 그렇기 때
> 문에 사람을 통하여 도달하게 되는 사회, 역사적 인식은 쉽고도 풍부한
> 것이다.

어떤 지적인지 감이 오지요? 지식으로 세상을 배우는 것보다 사
람살이의 모습으로 세상을 배우는 것이 쉽다는 말은 '개념'으로 세상
을 배우는 것보다 '형상'으로 세상을 배우는 것이 쉽다는 말이며, 또
한 '과학'으로 세상을 배우는 것보다 '예술'로 세상을 배우는 것이 쉽
다는 말입니다.

이제 여타 예술 장르 안에서 문학이 어떻게 다른가를 이야기할 차
례입니다.

문학과 다른 예술 장르의 차이를 구별하기는 좀 어려워 보이지요? 모두 살아있는 인간의 감정을 취급하기 때문이요 또 형상 언어를 사용하기 때문입니다. 허나, 아주 손쉽게 구별할 수 있어요. 문학은 좁은 의미의 언어, 즉 말이나 글을 쓰기 때문이에요. 그럼, 다른 양식들은 무엇으로 할까요? 역시 쉽습니다. 무용은 몸짓 언어를, 만화는 선으로 된 그림을, 영화는 영상 언어를, 음악은 청각 언어를 써요. 그런데 여기에 조금 복잡한 사안이 하나 있습니다. 예술의 언어가 서로 충돌되지 않을까 하는 궁금증이에요. 아니, 정확하게 말하면 보다 유능한 언어들이 등장하면서 낡은 언어가 차츰 퇴화되지 않을까 하는 궁금증입니다. 이 같은 의문은 다소 엉뚱해 보이지만 한때 문학에 커다란 난관을 주었어요. 문학의 위기라는 말을 들어본 적이 있죠? 20세기가 끝나갈 때 뉴미디어의 출현과 함께 그런 아우성이 잦아지는데, 위기의 근거로 꼽히는 것이 첨단 디지털 매체의 등장입니다. 문명 언어가 날로 진화하면서 말과 문자는 점점 없어져 가고, 종국에는 모두 영상으로 대체되지 않겠느냐, 이런 불길한 예감에 온 세상이 사로잡혔습니다.

　문학이 소수의 매체인 건 사실이에요. 대중사회의 문화현상을 편의상 지배적 현상과 문제적 현상으로 분류했을 때 문학이 지배적인 현상을 차지한 적은 19세기밖에 없습니다. 셰익스피어 시대엔 연극이 중심이고, 그 이전에는 회화, 근자에는 영화가 중심에 서 있었어요. 문학이 당대의 시장을 이끌었던 것은 인쇄 출판 매체와 소설이 행복하게 조화를 이루었던, 그래서 소설이 문화 상품의 복판을 차지했던 발자크 시대뿐이었어요. 우리나라에서도 저 유명한 김소월부터 신경림, 김지하에 이르기까지 모두가 첫 시집을 자비로 출판했어요. 초창기 가요가 음반 산업으로 시작된 사실에 비추면 얼마나 초라합니까? 시집이 도서상품의 이름으로 처음 팔리게 된 것은 김수영의 『거대한 뿌리』로 시작하는, 민음사 '오늘의 시인 총서'가 아닐까 합니다. 그럼에도 문학의 지위가 위축되지 않는다는 점을 주목할 필요가 있어요. 왜 그러는지 살피기 위해 영화와 만화와 문학을 비교해 보겠습니다.

우선 두 가지 차원에서 검토하고 싶은데, 하나는 작품을 수용하는 측면이에요. 영화는 우리가 보고 느끼는 모양을 보여주죠. 실제로 체험될 수 있을 것 같은 시각적, 청각적 감각을 그대로 제공합니다. 감상자는 눈앞에 보이는 대로 따라가면 되죠. 그러다 깜빡 한눈을 팔아도 영화는 멈추지 않고 흘러갑니다. 만화는 조금 다르죠. 창조 과정은 일단 유사합니다. 서사를 펼치는 쪽에서 롱컷, 숏컷, 이렇게 샷을 잡아가는 방법도 똑같아요. 하지만 하나는 현실에 있는 것을 촬영해서 편집한 것이고, 하나는 그것을 그림으로 대체해요. 세상의 이미지가 컷, 컷, 컷으로 연결되면 영화를 보는 사람은 눈만 뜨면 되지만 만화를 보는 사람은 두뇌작용으로 필름을 돌려야 합니다. 문학은 어떻습니까? 창조자가 쓸 수 있는 도구가 글자밖에 없어요. 글자라는 기호로 만화 같은 그림을 그린 다음에 머릿속으로 또다시 영화 형식의 필름을 돌립니다. 까닭에 시나 소설을 읽는 것은 영화나 만화를 보는 것보다 훨씬 많은 공정이 들어가죠. 영화가 1차적인 공정만으로 향유되는 거라면 만화는 2차적인 공정을 필요로 하는 거고, 문학은 3차 이상의 공정을 필요로 하게 됩니다. 그래서 두뇌로 그림을 그려서 또다시 두뇌로 필름을 돌리는 능력이 부족하면 문학은 향유하기 어려워요. 언젠가 사과를 재배하는 사람의 얘기를 들으니 당대 문명이 사과 농사를 다 망쳐놨대요. 왜냐? 아이들이 과일을 깎는 과정을 견디려 하지 않는다는 겁니다. 귤처럼 그냥 까먹어야지 사과처럼 칼질하는 것은 포기한다는 건데, 그와 비슷한 현상이 예술장르에서도 일어나는 거예요.

그런데 그 현상을 한 꺼풀만 뒤집으면 전혀 다른 결론을 만나게 됩니다. 대체적으로 영화를 보고나서 전체 내용을 처음부터 끝까지 단숨에 기억할 수 있는 기간이 어느 정도 일까요? 하루나 이틀? 아닐 거예요. 대부분은 극장을 나서는 순간 곁가지들을 다 잊습니다. 만화는 공정이 복잡하니 더 오래가겠죠. 연필로 꾹꾹 눌러쓴 글씨가 천천히 지워지듯이, 일주일 정도? 아니, 한 달까지도 간다 할까요? 문학은 사정이 다릅니다. 제가『제자백가』를 고등학교 1학년 때 읽었다고 말씀드렸죠? 선생님들은 흔히 학창시절에 읽은 소설 얘기를 즐겨 합니다. 중학교 때 읽은 걸 중학생을 가르칠 때까지 기억하고 있는 거예요. 그뿐 아닙니다.『삼국지』를 영화로 볼 때 조조, 유비, 장비, 관우 따위가 소설로 볼 때만큼 뚜렷하게 성격화 될까요? 똑같은 서사를 책으로 얻는 경우와 영상으로 본 경우는 엄청난 차이를 야기합니다. 이제 그것을 창조의 측면으로 옮겨서 생각해볼게요.

영화는 거대한 시스템을 갖지 않으면 제작하기 어려워요. 만화도 도제관계를 두어서 협업하는 경우가 많습니다. 작가들은 홀로 화장실에 앉아서도 시를 써요. 예술 장르치고 문학처럼 준비물이 필요 없는 장르가 어디 있습니까? 감옥에 갇혀서 위대한 작품을 창조하는 경우는 또 얼마나 많습니까? 고은의 『만인보』는 '김대중내란음모사건' 때 먹방에 갇혀서 구상되었어요. 먹방이란 빛이 한 점도 새어 나오지 않는 방을 말합니다. 그곳에서 고문의 후유증으로 생사를 오락가락할 때, 옛날에 마주쳤던 행인들과 옆집 아저씨 등의 기억이 자신을 구원한다는 생각을 얻었다고 해요. 그래서 세상에서 만난 수많은 사람들을 그리겠다고 생각해 두었다가 나중에 글자로 옮겼답니다. 이 정도의 예만 들어도 영화와 만화와 문학의 차이가 엄연하지요? 그런데 훨씬 중요한 차이가 창조의 측면에 있습니다. 영화는 모든 장면이 오늘의 장면이에요. 2050년을 소재로 한 영화도 전부 눈앞의 것들이니, 당장 존재하지 않으면 영상화할 수 없습니다. 영상의 원리상, 표현도구의 제약상 가시화 될 수 없는 것, 보이지 않는 것을 그리기가 어렵다는 거예요. 그것을 만화와 비교하면 어떻게 될까요?

아주 오래 된 기억인데, 이현세의 초창기 만화 중에 『생과 사』가 있어요. 『공포의 외인구단』이 나오기 전, 그러니까 까치라는 인물이 막 탄생하던 무렵인데, 그 시절에 이미 엄지가 파트너를 맡아서 탄광 회장 딸 역할을 해요. 까치가 엄지를 데리고 탄광 내부를 견학하던 중에 갱 입구가 무너져서 사람들이 갇히는 줄거리에요. 한순간에 생사가 갈리는 이 중대 사태의 반응을 이현세는 한 화면에 두 쪽으로 나눠서 그리고 있어요. 한 쪽 면은 갱에 갇힌 사람들, 한 쪽 면은 갱 바깥에 있는 가족들. 먼저 주목되는 사람은 갱 바깥에서 발을 동동 굴리는 회장이죠. 그는 재산상의 손실도 걱정이지만 그보다 훨씬 심각한 사태, 즉, 혈육이라고는 딸 하나밖에 없는데 그 무남독녀가 죽음 앞에 처하게 됐어요. 다급한 심정으로 딸을 구하는 사람에게 보상금 천만 원을 준다고 홍정을 걸어요. 시간이 흐를수록 단위가 올라갑니다. 이천만 원, 삼천만 원, 오천만 원, 1억, 10억⋯⋯. 구체적인 디테일은 제가 기억을 각색했다는 걸 감안해주세요. 한쪽에서는 돌이네 가족이 모여 있습니다. "아이고 돌이아버지, 오늘 아침에 닭고기가 먹고 싶다고 하더니 그만 묻히다니, 살아만 오시오." 하면서 울고 있죠. 곁에서는 박가네, 이씨네의 표정이 드러납니다. 생의 세계에서는 가진 자와 못 가진 자가 극명합니다. 계급갈등이죠. 그런데 죽음 앞에서는 똑같아요. 무너진 갱 안에서 부자면 어떻고 잘생기면 무슨 상관입니까. 아주 깊은 곳에 있는 사람들은 이미 숨이 끊어졌습니다. 조금 덜 깊은 곳에서는 생존자들이 가위바위보를 해요. 숨 쉴 공기를 아끼기 위해, 진 사람이 깊은 곳으로 몸을 던지면 이긴 사람은 더 오래 버틸 수 있게 되는 거예요. 삶과 죽음의 풍경을 대비하는 바로 이 장면이 『생과 사』의 노른자예요. 자, 이거 영화로 그릴 수 있습니까? 이래도 영화 때문에 만화가 없어질까요? 오히려 애니메이션이 생겨나잖아요. 사진이 발달해도 그림이 없어지지 않는 이치예요.

이제 문학을 살펴볼까요? 1980년대의 대학가에서 가장 많이 회

자된 시가 김남주의 「조국은 하나다」였습니다. "조국은 하나다/ 이것이 나의 슬로건이다./ 나는 이제 쓰리라./ 탄생하는 아이의 응아 하는 울음 위에도 쓰고,/ 남과 북의 끊어진 철길 위에도 쓰고,/ 돈도 적당히 벌고 출세도 조금 한 중도좌파의 벽에도 쓰리라./ 조국은 하나다라고." 분단 현실을 굉장히 뜨겁게 노래하는 시인데, 사실, 탄생하는 아이의 응아하는 울음 위에 글씨를 어떻게 씁니까? 현실로 존재하지만 영상으로 포착할 수 없는 것, 남과 북의 끊어진 철길 위에 조국은 하나다라고 쓰겠다는 의지, 심정으로는 분명한 내면의 실상을 만화로도 그릴 수 없습니다. 그럼에도 영상 때문에 문자가 없어질까요? 결론적으로 말해서, 수용의 측면에서 능동과 수동의 차이, 창조의 측면에서 표현 범위의 차이가 각 예술 장르들 사이에 존재하는 겁니다. 단지 형상화 재료의 차이로만 존재하는 게 아니라 분명한 내용의 차이로도 존재하는 것을 확인할 수 있어요. 내용의 차이, 깊이의 차이! 기왕에 그 때문에 생기는 차이점까지 들어볼까 합니다.

예술 장르들의 차이를 편의상 형상화 재료의 차이라고 했지만 그것이 사실은 종류의 차이만은 아니라는 것을 이렇게 알 수도 있습니다. 제가 예전에 어떤 대학교 문화패들의 수련회에 강연 초청을 받아서 따라갔어요. 청량리역에서 기차를 탔는데, 처음에는 풍물패, 민중연희패들이 분위기를 잡아요. 기차 안에서 전혀 낯선 할머니들까지도 일으켜 세워서 노래를 시킬 만큼 광대 기질이 빛을 냅니다. 이윽고 M.T. 현장에 도착해서 무대를 차렸어요. 장기자랑 시간이 되자 노래패가 주름을 잡습니다. 무대에서 정말로 강한 게 노래패에요. 그러는 내내 무기력하기 그지없는 사람들이 글패, 문학하는 동아리입니다. 이 친구들은 뒤에서 쭈뼛쭈뼛하다가 마지못해 적응하는 듯이 보입니다. 그러다 밤이 깊었어요. 모닥불이 사위어 가고, 새벽녘쯤 술잔이 돌면서 인생 담화가 시작됩니다. 그때 중심이 어느 틈엔지 이동해 있어요. 다음날 돌아갈 때 보면 그 샌님 집단의 천덕꾸러기들이 촌장 역할을 하게 됩니다. 왜 그렇게 될까요?

언어의 재료 차이가 거기에 담을 내용의 차이를 만들어 낸다는 사실은 과학적인 실험을 통해서도 증명됩니다. 러시아의 파블로프였던가? 그가 그런 주장을 해요. 인간의 사유는 언어를 매개로 해서 발달한다! 이 명제에 반발하는 이가 어찌 없겠습니까? 여보슈, 그러면, 벙어리나 맹인은 사유가 없다는 말이유? 파블로프가 반발합니다. 무슨 얘기냐, 말이나 글이 없다고 해서 언어가 없는 것은 아니다. 그렇지요. 언어에는 많은 종류가 있습니다. 문제는 그 속에서 문자의 지위가 특별하다는 거예요. 그 때문에 파블로프는 다시 실험을 합니다. 언어에는 소리언어 음악도 있을 것이고, 그림언어 회화도 있을 것이며, 몸짓에 영상도 있을 거 아닙니까? 행위언어나 영상언어도 다 언어이니까요. 그런데 그 중에서 문자의 지위가 참으로 별나다는 걸 우리는 매일 같이 겪으면서도 쉽게 잊고 있어요. 사회적 약속을 구두로 행하는 경우와 문서로 서명하는 경우가 얼마나 다릅니까? 문자 행위는 인간이 하는 행위 중에서 가장 진지한 것이므로 그만한 신뢰도를 갖게 되어 있어요. 현재까지 실존의 무게를 많이 싣는, 가장 신뢰할 수 있는 행위가 문자 행위예요. 결국, 파블로프의 실험은

맹인에게도 점자판을 익히게 하는 결과를 낳아요. 오죽했으면 문자 이전을 선사 시대라 하고 그 이후를 역사 시대라 하겠습니까?

문자로부터 소외된다는 것은 신뢰로부터 소외된다는 것을 의미합니다. 문자로부터 소외된다는 것은 또 사상으로부터 소외된다는 것을 의미합니다. 문자를 갖지 못하면 자기의 사유와 자기의 고민을 깊이 있게 체계화시킬 수 없습니다. 고로, 문학의 형상화 재료가 문자라는 것은 문학이 항상 사상을 움직이는 작업까지도 병행한다는 사실을 내포하게 됩니다. 여기서 한 발자국만 더 가면 답이 나와요. 영상미디어 매체가 문학을 대체할 수 없다는 것을 현대 첨단문명이 증명하고 있는 것 같지 않아요? 20세기 말 21세기 초를 문명사적 전환기라 부르던 시기에 문자 매체의 소멸과 영상미디어 매체의 부흥에 대해서 거의 귀에 딱지가 앉도록 떠드는 동안에도 여전히 문자는 인터넷 문화를 주도하고 있었습니다. 채팅은 무엇이고, 카카오톡은 무엇입니까? 디지털 문명의 패자(覇者)가 문자 같지 않나요? 영상은 이제 어떤 의미에서 문자의 보조기능을 더욱 잘하게 되었는지 몰라요.

형상, 형상화, 형상적 사유

　이렇게 언어 이야기를 하다보면 한 가지 걸리는 게 있습니다. 형상이란 '바깥으로 드러난 모양'을 말하죠? 언어라는 게 이미 '추상'인데 그 어디에 형상의 자리가 있을까 하는 문제예요. 이때 주의할 것은 형상의 반대편에 있는 게 '추상'이 아니라 '개념'이라는 겁니다. 그리고 그 역시 소통의 수단이므로 삶의 갈피 속에, 또 인간의 관계와 관계들 틈에 존재하면서 스스로가 더욱 적절한 자리를 찾아 이동해 다닌다는 거예요. 예를 들어볼게요. 제가 언어의 이동로를 목격한 곳은 버스였어요. 시골에서 자란 탓인지 도시에서 버스를 탔을 때 젊은이들이 어른을 보고 일어서지 않는 모습이 참 낯설었습니다. 농경문화의 영향이겠죠? 봉건적 윤리의식은 모든 선택권을 어른이 먼저 갖고 아이가 나중에 갖는 장유유서, 집안에서의 지위와 역할에 따라 가장인 남편과 그 보좌관인 아내를 구별하는 부부유별 등을 뼈대로 해요. 자본주의가 발달하면 그게 곳곳에서 접촉사고를 일으킵니다. 이 자본주의라는 게 기존의 인간관계를 해체하여 소중한 것을 다 상품의 영역으로 넘겨버리거든요. 일 따로, 놀이 따로가 불가피해요. 가령, 하루의 노동을 끝내고 노는 장소를 상품으로 단장해서 나이트클럽과 카바레를 만들고, 손님을 맞아 술대접할 곳을 상품화하여 룸살롱을 만드는 식인 겁니다. 심하게는 인간의 신체까지도 상품으로 내놓는 판에 대중교통의 좌석이 예외일 리 없어요. 그래서 버스 좌석도 상품이 되어서는 불미스러운 장면을 만들어내는 거예요.

그렇다면 누군가 머리를 짜낼 수밖에 없겠지요? 편한 자리는 늙고 병약한 사람이 앉게 하자는 말을 좌석 위에 써 붙이면 어떨까, 해서 등장한 표현이 '노약자우선석'이었어요. 그런데 이게 기분이 좋을 리가 없어요. 아니, 같은 돈 내고 탔는데, 도리 상 양보할 수는 있을지언정 앉을 권리 자체를 박탈당하는 건 이상하잖아! 그럴 거면 좌석 값을 받지 말아야지, 해서 표현을 바꿉니다. '경로석'으로. 나이 든 분을 존중하여 비켜주는 좌석이라니 기분 나쁜 것보다는 한결 낫지만 그래도 달갑지 않기는 마찬가지예요. 어른들은 자리를 양보해도 고마워하는 기색이 없어, 하는 것이 젊은이들의 심사일 수 있어요. 결국 한 번 더 바뀌게 됩니다. '나는 젊었거늘 서서간들 어떠리.' 제 기억에 서울에서 경기 지역으로 다니는 버스가 그런 표현을 처음 썼습니다.

이처럼 말도 사람과 사람 사이를 넘나들면서 머나먼 여행을 합니다. "늙고 병약한 사람이 앉을 수 있게 하자"는 도덕윤리가 '노약자우선석'에서 '경로석'을 거쳐 '나는 젊었거늘 서서간들 어떠리'로 여행하는 기간은 대략 10년이 걸렸어요. 젊은이들에게 기꺼운 마음으로 자리양보를 받아야 할 노약자나, 사람의 도리상 양보는 해주되 왠지 자격을 박탈당해 쫓겨나는 기분을 맛봐야 했던 젊은이들은 이 같은 표현의 이동을 감사하게 여겨야 해요. 그러나 문학이 언어의 여행을 안내한다는 사실을 아는 사람은 많아요. 그것이 어떻게 문학적이었는지 살펴볼까요? 처음에는 노약자우선석에서 출발했습니다. '늙고 병약한 사람이 우선해서 앉아야 할 자리'라는 뜻을 가진 이 말이 밝히는 것은 인간의 어두운 면이에요. 왜 사지 멀쩡한 젊은이가 이 자리를 차지하는가, 비켜라! 하는 말입니다. 이 부정 면에 대한 경고성 발언으로부터 경로석에 이르는 거리는 대단히 큰 거죠. '늙은이를 우대하여 비워둔 자리', 동전의 양면처럼, 그래봐야 기껏 같은 뜻이 되고 말지만, 그래도 고운 심성을 자극하여 잘못을 저지르지 않게 하려는 긍정 면에 대한 격려성 발언이라는 건 평가를 받을 만해요. 그렇다면 '경로석'에서 '나는 젊었거늘 서서간들 어떠리'로 옮겨간 것은 무엇에서 무엇으로 옮겨간 것일까요? 이것은 코페르니쿠스적 발상의 전환이 일어나는 일대 혁신이 아닐 수 없어요. 경로석이 그림으로 그릴 수 없는 개념이라면 '나는 젊었거늘 서서간들 어떠리'는 그렇지 않아요. 국어사전 속에 존재하는 언어가 아니라 생활 속에서 사는 형상언어인 겁니다. 이게 맞춤법상으로 틀린 말인 줄은 알지요? '었'이 과거시제 보조어간이므로 시제가 안 맞아요. 그래, '나는 젊거늘 서서간들 어떠리!'여야겠죠? 그런데 앞의 표현보다 진화한 건 사실입니다. 왜 그렇게 말할 수 있는가 하면, 첫째, 등장인물이 있기 때문이에요. '나'가 있잖아요. 노약자우선석이나 경로석에도 그런 게 있습니까? 둘째, 주인공의 성격을 엿볼 수 있어요. '나는 젊거늘 서서 간들 어떠리'라는 표현에서 세대 감정을 느낄 수 있습니까? 이 건 30대, 혹은 20대에 이르는 젊은, 그것도 일하는 계층의 인간형이 들어있음을 알 수가 있어요. 이게 형상이 있고 없고의 차이입니다.

느낌이 오지요? 그럼 이제 그것이 '형상화'로 발전하는 과정을 살펴볼게요. 옛 속담에, 개를 따라가면 칙간으로 간다는 말이 있는데, 불행하게도 제가 오늘 그렇게 생겼습니다. 사실, 화장실이 그리 나쁜 장소는 아니죠? 생활 속의 명상의 자리가 아닌가요? 훌륭한 인간이 잉태되는 첫 장소가 침대 위라면 어쩌면 위대한 문학이 씨 뿌려지는 첫 장소는 변기 위일지 모릅니다. 제가 아는 작가들은 화장실에서 맞는 시간의 가장 큰 부분을 주로 두 가지 일에 써왔어요. 하나는 글을 읽는 일이고(신문이라도) 또 하나는 생각을 정돈하는 일이에요. 화장실이 인간의 감정 상태를 측정하기에 참 좋은 장소인 것은 사실이에요. 어떤 의미에서 인간은 거짓말 탐지기 앞에서보다 오히려 그곳에서 더 진실해집니다. 화장실 벽면에는 바로 그것을 증명할 흔적들이 널려 있잖아요. 왕년에 민주화 운동이 심하던 시절에 어느 대학교 화장실에 이런 문구가 씌어있었어요.

"자, 여러분! 자주 민주 통일의 깃발을 들고 분연히 떨쳐 일어섭시다."

붉은 글씨로 또박또박 정성을 들여 써놓은 잠언도 화장실 안에서는 그저 제법 어울리는 한판의 낙서일 뿐입니다. 솔직히 자다가 봉창을 뚫는 소리이지 그 어쩔 수 없는 자리에서 이런 엄숙주의가 무슨 의미가 있겠어요. 그러나 쓰레기통에서 핀 장미와 같은 엄숙주의를 보면 심술적 예술본능이 작동되는 것을 참지 못하는 성품 또한 인간의 것이에요. 반드시 화답하는 소리가 있기 마련입니다. 그 낙서에 돼지꼬리 같은 화살표가 쭉 그어져 따라가 보니 전혀 기분 나쁘지 않은, 맹랑한 반론 하나가 덧붙여져 있었어요.

"아니, 밑도 안 닦고 일어서란 말이오?"

제법 신나지 않습니까? 이로 인해 앞의 고리타분한 현자의 말씀은 젊고 싱싱한 사람들의 생활공간을 비집고 들어가 섞이게 되는 겁니다. 표현의 자유가 방임적으로 보장됨으로 인해 화장실 안은 언제나 이런 재치의 극치를 이루는 신선한 표현들로 차고 넘치는 것 같아요. 멀리 갈 것도 없이 같은 화장실에서 발견한 다른 낙서를 봐도 그렇습니다. 다음은 바로 옆면에 있는 낙서였어요.

"동지 여러분! 기다리는 분을 위하여 힘을 조금만 더 써주십시오."

재치 경기장이 따로 없어요. 재담도 테니스나 탁구처럼 허락된 장소에서 일종의 공놀이를 하듯이 사유 활동을 하는 거예요. 물론 테니스가 공과 라켓으로 하는 것이라면 방금 제가 열거한 신나는 낙서들은 언어와 문학적 사고로 하는 것입니다. 당연히 잘하는 사람이 있는 만큼 못하는 사람도 있게 되어 있어요. 기본적으로 라켓이나 배트를 사용하여 공을 능란하게 다루는 일을, 그렇지 못하는 사람의 입장에서는 참 부러워하기 마련입니다. 그 때 '모르는 사람'을 뭐라고 불러야 할까요? 글자를 모르면 문맹이라고 하지요? 그런데 앞의 낙서들은 글자만 가지고 하는 놀이는 아닙니다. 거기에는 형상적 사고가 함께 있어요. 저는 기본적으로 형상적 사고를 할 줄 모르는 형상맹은 없다고 봅니다. 글씨가 서툴러 그것을 아직 제대로 휘두르지 못하는 아이들도 철수의 고추나 순이의 엉덩이를 그려 나름대로 신랄한 공격을 할 줄 알거든요. 그러나 문학맹은 있습니다. 문학은 형상화를 언어로 하기 때문에 일차적으로 문맹이 문학맹을 낳지만 엄밀하게는 이것이 동일한 것만은 아닙니다. 문학맹 중 어떤 상태는 글씨를 몰라서라기보다 형상적인 사고 자체가 진행되지 않아서 발생된 겁니다. 바로 다음의 경우이지요. 역시 오래 된 얘긴데, 친구가 하숙하는 집에 갔다가 화장실에서 재미있는 문구를 봤습니다. 틀림없이 교육부 혜택을 못 누렸을 하숙집 주인아주머니의 것이라고 느껴지는 지렁이체 문자가 일필휘지로 달리고 있었어요.

"휴지만 병기에 너주셔요"

아마 하숙집 변기가 껌이나 꽁초로 자주 막혔을 겁니다. 당연한 결과로 주인아주머니는 그 명백한 현실에 의해 뭔가 의사전달을 해야 할 필요를 느꼈을 거예요. 그래서 나름대로 정성을 기울여 봤지만 그 노고의 댓가는 아직 초보적인 의사전달도 제대로 해내지 못하고 말았어요. 이 문구를 보면서 내게 가장 먼저 떠오른 생각이, "아니, 그럼 용변은 어디에다 보란 말이오?"였거든요. 쑥떡같이 한 말을 찰떡같이 알아들을 수는 있지만 말뜻 그대로만 보면 주인아주머니는 제기된 현실의 어떤 부분을 드러내고 어떤 부분을 드러내지 말아야 하는지를 아직 알지 못하고 있습니다. 앞서 말한 버스의 문구

를 예로 들면, '노약자우선석' 이전의 단계인 것입니다. 이것이 '노약
자우선석'의 단계와 '경로석'의 단계를 거쳐 '나는 젊었거늘 서서간들
어떠리'의 단계에 이르자면 더 정확한 표현을 향한 한 단계의 도약,
부정 면에 대한 경고에서 긍정 면에 대한 격려를 향한 또 한 단계의
도약, 그리고 개념적 전달에서 형상적 전달에로의 도약, 이렇게 세
번의 도약이 필요합니다. 그 경로는 이렇게 될지 몰라요. (가)휴지만
병기에 너주셔요 (나)변기에 껌이나 담배를 버리지 마십시오 (다) 휴
지는 변기에 담배는 재떨이에 (라)내가 쓰는 화장실 막혀본 적 없어
라(급한 김에 적절한 문구를 찾지 못했으나 그냥 지나가죠.)

이렇게 되려면 하숙방 아줌마에게는 필히 약간의 문학수업이 필
요합니다. (가)(나)(다)(라)로 이동해가는 단계에 이미 '문학적 사고'라
는 안내자가 없으면 미로에 빠지게 되어 있어요. 그리고 또 하나,
(라)의 단계에 이른다고 해도 거기가 끝이 아닙니다. 연이어 (마)(바)
(사)(아)의 단계가 있겠죠. 다음 단계로의 이동은 변기의 기본원리가
바뀔 때까지 계속될 겁니다. 인간은 항상 능력보다 희망사항이 큰
법이니까요. 이런 희망사항은 초보자뿐 아니라 훌륭한 문학가에게
도 있어요. 온 밤을 지새고 동녘해를 맞기까지 작가가 작업실에서
낑낑댔던 집필의 과정은 가슴으로 우러나는 것에 대한 표현에 있어
문학적 사고가 (가)에서 (나)로 (나)에서 (다)로, 아니 (라)(마)(바)(사)(아)
(자)(차)(카)(타)(파)(하)로 넘나들면서 이동하는 과정일 테니까요. 세계
관이라고 하는 피아노의 조율사에 의해 영혼의 건반이 이것저것 두
들겨졌다가 선택할 수 있는 최선의 음에 이르러 타자기에 찍히듯이

언어나 문장 하나가 찍히고 또 그것이 반복하고 하는 과정이 창작시간의 태반을 차지해요. 여기서 대부분의 직업작가들이 고르는 음이 (마)(바)(사) 이상의 것이었다 하여 그것만 문학이고, 하숙방 아줌마가 (가)(나)(다)였다하여 문학이 아닌 게 아니지만 대부분의 사람들이 (가)(나)(다)의 세계에 머물러 있을 때는 문학의 기쁨을 못 얻습니다. 그러나 (다)이상 (라)(마)(바)의 단계에 이르면 사정이 다르지요. 마약 못지않고, 아편 못지않게 중독이 되고 또 그로 인해 변화된 삶을 추구하게 되는 겁니다. 문학을 통해 변화된 삶을 살 수 있게 되는 단계, 이 단계가 바로 문학적인(곧바로 창조적인) 삶이 살아지는 단계이겠죠.

이제 그 상태에서 다음의 문제를 생각해 봅시다. 옛날에 게시판에 '공고'를 부칠 때는 모두 형상이 담기지 않은 언어였어요. 하지만 이내 진화를 시작합니다. 노약자우선석에서 경로석으로 바뀐 건 보이지 않는 진화였어요. 하지만 경로석 따위가 그다지 피부에 닿는 말은 아닐 거예요. 형상이 담기지 않기 때문입니다. 그래서 더 진화를 해요. 나중에는 표현의 패러다임이 전혀 다른 세대가 출현하게 돼요. 구세대가 게시판에 공고, 혹은 모집을 알릴 때 사용하던 용어들을 신세대들이 사용할까요? 적어도 1990년대가 지나고 2000년대에 이르면 그런 종류의 게시판을 대학가 등지에서 찾을 수가 없습니다. 모두 형상언어로 바뀌거든요. 이 점 주목할 필요가 있어요. 신세대들은 나이가 젊다는 것 하나만으로도 고도의 형상화 훈련을 완료하고 있음을 그 많은 인터넷 용어들이 증명합니다.

이제 가장 중요한 용어를 만날 차례가 되었어요. 형상화! 이건 형상이 아닌 것을 형상이 되게 한다는 뜻이죠? '~화'란 어떤 상태의 것으로 변화시킨다는 뜻이잖아요. 여기에서 소개하고 싶은 책이 정민의 『한시미학 산책』입니다. 책을 펼치면 '보이지 않고 보이기, 말하지 않고 말하기, 그리지 않고 그리기' 같은 표현들이 나오는데, 이것을 세 글자로 바꾸면 '형상화'가 돼요. 그 예들이 이렇습니다. 옛날에 화가들에게 시제를 주어서 그림그리기를 시켰어요. "어지러운 산 옛 절을 감추었네." 시 맛이 납니까? 이런 구절을 던져주면서 그리라 하면 어떤 그림이 나올까요? 그림은 형상이 있는 시요 시는 형상이 없는 그림이니…….

많은 사람이 고민을 합니다. 아니, 어지러운 산? 산이 어지럽게 솟아 있어야 되는데, 그게 또 옛 절을 감추었어요. 그렇다면 감춰진 것을 그려야 옛 절인지 아닌지가 드러날 텐데? 어떤 사람들은 산을 그리고 그 사이에 옛 절이 삐져나오게 그렸는데 그러다 보니 옛 절인지 새 절인지 알 수가 없습니다. 살짝 감춰서 드러나야 하기 때문이에요. 거기에서 장원을 하는 사람이 어떻게 그리느냐면, 숲에서 조그마한 동자승 하나가 물동이를 들고 가는 그림을 그렸어요. 동자승이 물을 긷는 걸로 보아 절이 있지만 산이 빽빽하여 보이지 않습니다. 그게 왜 옛 절인가 하면, 동자승은 노승의 심부름을 하면서 수양을 해요. 당연히 늙은 스님이 있어야 동자승이 있는 거고, 늙은 스님은 오래된 절에서 묵습니다. 맞습니까?

사례를 하나 더 들어볼게요. "꽃 밟고 달리니 말발굽에 향기 나네." 이건 어떻게 그려야 할까요? 꽃이 말발굽에 밟혀 짓이겨지는 장면부터 수없이 많은 사례가 출현하는데 근본적으로 어려운 점이 '향기'라는 게 보이지 않기 때문이에요. 어떤 사람이 장원을 하는가 하면 말의 뒷발굽을 그려놓고, 그곳을 향해 나비가 쫓아가는 모습을 그린 사람이었습니다. 데생하기 까다로운 말의 몸통을 그릴 필요도 없어요. 말발굽을 쫓는 나비 하나로, 말이 꽃을 밟고 달려왔기 때문에 그 어딘가에 꽃이 있는 줄 알고 따라간 모습을 표현했으니, 보는 이에게 향기가 전달되지 않을 수 없어요. 형상화란 이런 것입니다.

그리지 않고 그리기, 말하지 않고 말하기를 하기가 가장 용이한 것이 문자라는 도구이기 때문에 문학이 세계의 형상을 그리고, 인간형을 창조하는 게 가능해지는 겁니다. 그렇게 해서 성공한 모델을 하나만 소개하자면 저는 송기원의 『월행』이라는 작품을 꼽겠어요. 그 짧은 소설을 읽은 게 아주 오래 전인데 아직도 기억에 생생합니다. 사실, 조정래의 『태백산맥』 이전에 한국문학은 좌익 활동가, 특히 빨치산 활동을 한 사람의 모양을 그리는 일이 꽤 난처한 숙제였어요. 그것은 국가로부터 창작의 자유를 제약 받는 금기의 소재라 걸핏하면 반공법, 국가보안법으로 감옥에 가기 십상이었죠. 그런데 송기원의 『월행』은 단 한 글자도 이데올로기적인 냄새를 풍기지 않으면서 그것을 전면적으로 다룹니다.

'월행'이라는 낱말은 달밤에 걷는 걸 뜻하지요? 어느 달밤에 아버지로 보이는 아저씨가 자식으로 보이는 꼬마를 업고 논길을 걸어갑니다. 겨울이어서 사각사각 살얼음 밟는 소리가 들려요. 밤 공기가 차니까 아이가 보채요. "아직 멀었어?" 아버지는 "조금만 참아. 저기 마을 보이지?" 하고 달랩니다. 그렇게 밤길을 걷고 걸어서 마침내 어느 집 앞에 도착하자 안에서 무슨 소리가 들려요. 아마도 "자식이 뭔 죄라고 바깥에서 떨게 하느냐?" 그랬을 거예요. 대화 내용을 보면 혼내는 목소리는 할아버지의 것이고, 아버지는 많이 잘못한 사람입니다. 할아버지가 마침내 복장을 챙겨 입고 나오면서 "따라오너라" 하여 아들(아이의 아버지)을 데리고 또 걷게 되지요. 이번에는 산턱에 있는 묘소에 당도해요. 할아버지가 말합니다. "절해라, 너 때문에 명대로 못살았다." 아들이 "아이고 아이고⋯⋯" 웁니다. 어머니 묘소인 거예요. 이렇게 해서『월행』은 좌익 활동을 해서 가족을 몰살당하게 한 사내가 나중에 주위의 이목을 피해서 몰래 성묘를 하고 가는 풍경을 그리고 있습니다. 이게 말하지 않고 말하기예요. 인간사의 쓰라림, 삶의 실패와 세상의 매정함, 꿈과 좌절의 뒤끝이 범벅이 되어서 어느 비애에 젖은 달밤의 풍경을 낳으니, 이게 바로 '달이 가는 길' 같은 '월행'입니다. 이 소설은 어떤 형상화를 통해서 단지 바깥 모양만 드러내는 게 아니라 아주 깊은 사유의 형태를 전달하기도 해요. 한 마디로, 형상적 사유가 전해지는 거죠. 그래서 박경리가『토지』2부를 끝내고 대담을 할 때 어느 평론가가 물어요. "토지를 통해서 어떤 사상을 그리고자 했습니까?" 박경리는 "사상을 그린 게 아닙니다." 하고 답합니다. "나는 서희, 길상이 이런 사람들 얘기를 하려고 했어요." 그러자 다시 묻습니다. "그런 사람들을 통해 어떤 사상을 드러내려고 했습니까?" "나는 사상이 아니라 사람 이야기를 하려고 했어요." 그럼에도 불구하고『토지』에는 형상적 사유가 강물처럼 흐르고 있기 때문에 독자는 어떤 사상의 말미를 얻게 됩니다.

문학은 이 같은 형상적 사유에 의해서 시대의 곤혹과 딜레마를 드러냅니다. 예를 하나만 더 들어볼까요? 홍명희의 『임꺽정』을 TV드라마로도 한 적이 있습니다. 임꺽정을 옛 문헌에서 발견할 때는, 도대체 백정의 아들이 어떻게 관군과 전투를 할 만한 군대를 만들 수 있었을까? 봉건제 사회에서 천민이 백성을 조직하여 자기 부대를 만든다는 게 가당하기나 하단 말인가? 하지만 홍명희의 『임꺽정』을 읽어보면, 아하, 이렇게 해서 부대가 만들어지는구나, 하고 고개를 끄덕이게 됩니다. 그가 의형제들을 만들어가는 과정, 그의 의형제를 따르는 사람들이 결집되어 군대를 형성하는 과정, 이게 나중에 관군에 저항하여 처절하게 몰락하게 되는 과정이 모두 설득력이 있어요. 결국 홍명희는 『임꺽정』에서 백정의 아들로 태어난 인간의 얘기를 형상화했을 뿐 어떤 유형의 철학이나 역사지식을 자랑하지 않습니다. 굉장히 긴 소설인데도 역사의식이랄까 계급투쟁 사관이랄까 하는 유형의 논술을 전혀 하지 않고 있어요. 그렇지만 그 소설을 읽은 사람이라면 쉽게 임꺽정의 매력에 빠져들게 돼 있어요. 이게 TV드라마로 제작되어서 방영되던 당시에도 임꺽정이 관군에게 죽을 무렵이 되자 시청자들이 그것을 보기가 고통스러운 나머지 미리부터 항의를 합니다. 임꺽정이 관군에게 죽는다면 앞으로 드라마 시청을 거부하겠다, 임꺽정을 죽이지 말라, 이런 운동까지 합니다. 그런 것은 예술에 대한 가혹한 대중의 간섭이고 굉장히 불편부당한 일이죠. 사실, 임꺽정이 관군에게 패하지 않으면 그건 가짜 서사가 되는 겁니다. 심각한 역사왜곡이기도 하고요. 당시 시대상황에서 천민의 군대는 필연적으로 관군에게 초토화되게 되어 있어요. 안 그러면 봉건제 사회가 아닙니다. 하여튼 그 소설을 보면 사람들이 임꺽정의 좌절 앞에 너무너무 슬프고 안타깝게 되면서, 그러나 중요한 역사적 태도 하나를 얻게 됩니다. 이제 어떤 경우에도 봉건적 계급 사회, 신분제 사회가 용납되어서는 안 된다는 점입니다. 홍명희는 임꺽정을 통해서 말하지 않고 말하기 방식으로 자신의 역사관을 전하고 있는 것입니다. 이렇게 해서 형상적 사유의 본체인 사상이 전달되는 겁니다.

보론

이제까지 개념과 형상의 영토를 살펴보았습니다. 이성과 감성의 경계가 그렇듯이 과학과 예술의 경계 역시 겹치는 구역이 없지 않지요? 아니나 다를까 국가와 국가 간에 영토분쟁이 일어나는 것만큼이나 자주 예술과 비(非)예술의 경계에서도 논란이 일어요. 가령, '예술이냐 외설이냐' 하는 질문처럼 말입니다. 그에 대한 답이 원리적으로는 간단해요. 일단 형상화가 예술 언어의 필요조건이 되는 셈이니까요. 그러나 모든 형상 언어가 다 성격 창조에 사용되는 것만은 아닌 까닭에 충분조건 또한 필요하다는 것도 잊지 않아야겠지요. 요지만 추리자면 형상화의 목적이 성격 창조에 맞춰지면 예술이고, 오락적인 기능만 하고 있으면 예술이 아닌 건데…. 그러나 가끔 둘의 경계가 모호해서 시비를 피할 수 없게 돼요. 이제 그 문제를 이야기해 볼게요.

디지털 시대의 영상미디어의 발달은 기존의 언어에 대한 분류체계를 크게 뒤흔들었어요. 예컨대 문학인지 아닌지 좀처럼 구별할 수 없는 게임 서사들도 많이 출현했지요? 문단의 일각에서도 인터넷의 출현과 함께 쌍방향 소통의 문제가 제기되면서 그런 쪽으로 출구를 찾아보려는 시도들이 있었습니다. 어느 신문에서 첫 구절을 주면 상당한 수준의 시인들이 그 다음 구절을 쓰게 하는 방식의 광고가 나온 적도 있어요. 이를 어떻게 생각해야 될까요? 저는 난센스였다고 생각하고 있습니다. 근본적으로 문학의 성격이 간과된 측면이 없지 않아요. 그 점을 소설가 김영하도 아주 설득력 있게 지적한 적이 있어요.

그러니까 한 신문에서 게임스토리 작가라 불리는 일군의 직업군이 생겨나고 있다는 기사에 곁들여 게임스토리도 문학이 아닐까, 하는 도발적인 문제제기를 시도했을 때, 그걸 인터넷 심포지엄이라고 해야 할지, 하여튼 그런 자리에서 김영하가 왜 게임스토리에서는 『햄릿』이 나올 수 없으며, 『카라마조프의 형제들』 같은 작품을 상상할 수 없는지를 발제합니다. 조금 읽어볼게요.

우선은 대화의 방향이다. 나는 게임 속의 자아에게 명령을 내린다. "밥을 먹어라." "공격하라." 내 명령은 즉각적인 피드백으로 돌아온다. "밥을 먹었더니 살이 쪘습니다." "병력이 부족한 채로 공격하다가 전멸당했습니다." 그리하여 서사는 매우 다양한 방향으로 전개될 수 있다. 똑같은 게임이라도 이야기는 날마다 달라질 수 있다. 이것은 스타크래프트 같은 실시간 전략시뮬레이션 게임이나 프린세스메이커 같은 롤플레잉 게임, 혹은 리니지와 같은 머드게임 모두에게 공통된 특성이다.

서사를 구성해나가는 측면에서 볼 때, 게임은 명백히 쌍방향매체다. 그 틀은 과거의 소설이나 로망에서 가져왔지만 진행과정은 바둑이나 체스를 닮았다. 바둑은 수억 가지의 경우의 수를 창출해낼 수 있으나 반상 위엔 작가가 없다. 게이머가 곧 작가인 셈인데, 우리는 이런 바둑을 문학이라 부르지 않는다. (김영하, 「흔들림과 집, 나의 소설쓰기2」, 『우리 문학이 가지 않은 길』, 자우출판사)

김영하는 게임에서 형상적 사유를 이용한 어떤 세계가 구축된다 하더라도 그것이 예술(문학)은 아니라고 말합니다. 왜냐하면 문학은 '본질적으로 고독하고 위대한 개인 작업'이기 때문이에요. 당연히 여기에 의문을 품는 사람이 있겠지요? 그들은 공동창작의 산물인 구비문학을 들이댈지 몰라요. 김영하는 답합니다.

아니, 판소리나 서사시는 문학이 아니란 말인가? 그것들도 오랜 세월 수많은 사람들의 상호작용으로 이루어진 일종의 집단창작이 아니었던가? 그렇다. 그러나 판소리나 서사시가 실시간 쌍방향의 의사소통으로 만들어진 작품은 아니다. 그 작품은 매순간 새로 태어났으며 그 순간순간마다 위대한 개인들의 창조적 의지가 개입했다. 하나의 판본이 또 하나의 판본으로 재탄생할 때마다 그곳엔 고독하고 위대한 개인이 존재했던 것이다. (앞의 글)

중요한 지적이에요. 문학은 본질적으로 일방향일 수밖에 없습니다. 왜냐하면 고독하고 위대한 개인이 세상을 향해 던지는 메시지인 까닭이에요. 그것이 소통되는 형식을 들여다봐도 그렇습니다. 독자는 한 인간(작가)의 내면에서 발생된 고독한 소리를 듣기 위해 문학작품을 펼쳐요. 자기가 몰랐던 어떤 놀라운 이야기가 소설 속에 있을 것을 기대하면서요. 게임이 소설이 될 수 없는 숙명은 또 있어요.

그것은 그 안에 내재된 시간의 단순성이다. 게임은 종말론을 닮았다. 게임 속에 내장된 시계는 앞으로만 흐른다. 게임을 시작하면 누구나 종국을 향해 돌진해갈 뿐이다. 게임은 그 게임이 무엇이든 그것이 게임인 한 목표를 가진다. 대부분의 경우 그것은 승리다. 물론 다른 목표를 가진 게임도 많다. 프린세스메이커 같은 양육 게임은 딸을 훌륭하게 키워낸다는 목표를 내장하고 있고 심시티 같은 도시건설 시뮬레이션 게임은 살기 좋고 쾌적하고 아름다운 도시를 건설한다는 목표를 가지고 있다. 어쨌든 목표가 있고 그 목표를 향해 일로매진 한다는 점에서 게임은 게임이다. (앞의 글)

그에 반해 문학작품 속의 시간은 다양한 방향을 가집니다. 논술준비생 같은 경우가 아니라면 승리나 위대한 도시 건설 따위의 구체적 목적을 가지고 독서에 임하지 않아요. 김영하가 누누이 강조하듯이 소설은 멈추고 반성하고 상상하고 되돌아가고 거꾸로 읽고 다시 읽기 마련이에요. 문학작품은 아무리 하찮은 것이라도 창조적 독서가 가능한 반면 게임은 아무리 훌륭한 게임이라도 프로그래머가 만들어 놓은 한계 안에서 움직일 수밖에 없어요. 게임의 한계가 느껴지나요? 그래서 김영하는 "게임 서사도 문학이 될 수 있다는 주장의 이면에는 문학을 문장이나 스토리쯤으로 이해하는 천박한 인식이 자리 잡고 있다."고 말합니다. 반박하고 싶지요? 그렇다면 다음의 논지를 읽어보세요.

만약 누군가 내 이런 주장을 반박할 수 있는 게임을 만드는 상황을 가정해 볼 수 있다. 이를테면 그 게임은 이렇게 설계된다. 편의상 게임 이름을 〈백 년 동안의 고독〉이라 하자. 게임에는 아무런 목표도 없다.(일방향성을 극복하기 위해서다.) 단지 게이머는 게임 속에서 여러 상황을 만날 뿐이다. 우선 게임 초기화면에는 마콘도란 마을이 나타날 것이다. 그곳에서 그는 아무에게도 영향을 끼쳐서는 안 된다(쌍방향!). 그러니까 유령이면 좋겠다. 그렇게 돌아다니면서 가브리엘 가르시아 마르케스의 써놓은 대사를 본다. 등장인물들은 점차 성장해 게릴라가 되거나 죽거나 담요를 든 채로 하늘로 승천한다. 다양한 시간의 방향을 게이머가 경험하게 하기 위해서 게이머가 눈동자가 다른 곳으로 돌아가기라도 하면 게임은 즉각 중지된다. 또한 멋진 대사가 나오면 그것을 음미할 충분한 시간을 준다. 다른 게이머의 접속은 원천적으로 봉쇄된다.(다른 사람이 끼어들면 멈출 수 없으니까) 게이머는 아름다운 문장을 보고 마르케스가 펼쳐놓은 환상적인 공간에서 벌어지는 기괴한 사건에 경탄한다. 그러다 어느 순간 게임이 끝나버린다. 아무 목표도 이룬 바 없이. 물론 이런 프로그램을 만들 수는 있다. 그러나, 이것이 만들어진 순간 사람들

은 이것을 게임이 아니라 소설이라 부를 것이다. 단지 소설에 영상과 소리가 들어갔을 뿐이다. (앞의 글)

물론 그렇지 않은 측면이 있을 수 있으므로 김영하는 '또 다른 반박'에 대해서도 상정하고 있습니다. 예컨대,

"당신은 머드게임을 해보지 않았군요. 머드는 인생 그 자체라구요." 일리가 있는 얘기다. 머드게임의 제작자들은 분명한 목적을 가지고 있다. 그것은 인생을 시뮬레이션 한다는 것이다. 그것은 최대한 인생에 가깝게 설계된다. 사람들이 천둥벌거숭이로 태어나 무술을 배우고 능력을 신장시켜 점점 더 강한 능력을 보유하게 된다. 게임 속에서 다른 게이머를 만나 결혼도 하고 축제도 하며 때론 전쟁도 한다. 주제를 모르고 호랑이에게 덤볐다가 죽음을 당하기도 한다. 직업도 있다. 대장장이로 한평생을 보낼 수 있다. 전사처럼 화려하지는 않아도 꼭 필요한 직업이므로 보람도 있다. 돈도 많이 모아 화려한 장신구와 집도 마련할 수 있다. 정치도 있다. 힘이 세고 리더십이 있으면 패거리를 모아 우루루 끌고 다니면서 위세를 과시할 수도 있고 잘하면 게임 전체를 지배하는 대통령이 될 수도 있다. 물론 사기꾼도 있고 도둑놈도 있다. 컴퓨터가 아닌 인간과 하는 게임이기 때문에 인간세상에서 일어날 수 있는 모든 일들이 발생할 수 있다. (앞의 글)

문학이론이 게임 서사에 휘둘릴 만한 이유가 없지 않아요. 그러나

거기에는 심연의 차이가 드리워져 있음이 분명합니다.

　머드는 그저 시뮬라크르일 뿐이다. 머드가 인생이라면 바둑도 인생이고 축구도 인생이고 골프도 인생이다.(실제로 이런 식으로 이야기하는 사람들이 많다.) 비유하자면 무엇에도 비유할 수 있다. 비유는 비유일 뿐이다. 머드가 아무리 인생을 닮아간다 해도 끝내 닮지 못할 것이 있다. 그것은 우리 인생의 불가해함과 예측 불가능성이다. 머드는 누구나 며칠만 해보면 그 룰을 다 이해할 수 있다. 그렇지 못하면 게임 제작사는 문을 닫아야 한다. 이해하는 데 십여 년이 걸리는 게임을 누가 프로그램 하겠는가? 우리 인생에는 평생이 걸려도 납득하지 못할 부조리가 널려 있으며 또한 열 번의 생을 거듭해도 이해하지 못할 신비로움이 숨어 있다. (앞의 글)

이제 여기에서 작은 결론을 맺는 게 좋겠어요. 세계를 대하는 인간의 내면에서 솟구치는 감정들 중에서 쌍방향 소통이 불가능한 것들이 있습니다. 개인이 세계를 향해 고독한 외침을 내놓을 수밖에 없는데, 이게 문학이에요. 세상을 살면서 꿈과 상처와 좌절과 사랑과 성공과 실패와 이 많은 것들에 대한 저마다의 발견자들이 있어서 문학이 됩니다. 그것이 필요 없게 되는 일은 생겨나지 않을 겁니다. 그래서 이렇게 말할 수 있어요.

　문학은 시뮬레이션이 아니다. 오히려 문학은 시뮬레이션에 대한 안

티로서 존재한다. (...) 내가 문제삼는 '작가'는 바로 이 지점에 서 있다. 세월이 지나면 게임은 영화보다도 위력적으로 소설독자들을 장악할 것이다. 그러나, 그것이 게임인 한, 게임을 표방하는 한 넘어설 수 없는 한계 지점, 그 너머에 '작가'들이 게릴라가 되어 유격전을 펼치고 있을 것이다. (앞의 글)

어때요? 굉장히 설득력이 있지요? 여기에서 충분조건에 대한 실마리를 찾을 수 있어요. 그러한 예들을 두서없이 생각나는 대로 보충해 볼게요.

하나, 형상 언어를 왜 성격 언어라고 하는가?

언어가 살아 있는 인간의 감정을 담고 있을 때와 사전 속에서 객관적인 정보를 담고 있을 때는 그것이 사용되는 방식이 굉장히 다릅니다. 가령, "개새끼!"라는 단어가 있다고 합시다. 국어사전에서는 어떻게 설명할까요? 먼저, 개의 새끼라는 뜻이 있겠죠? 어미 개가 낳은 강아지를 지칭할 겁니다. 다음으로, 속어도 있어요. 상대를 인격적으로 대하지 않고 동물처럼 비하시켜 이르는 욕설의 한 형태. 그리고 또 무엇이 있을까요? 제가 빠트린 뜻이 있을 수 있지만 대개는 오십 보 백 보일 거예요. 그런데 가만히 보면 일상 속에서는 전혀 다른 차원으로도 쓰입니다. 극단적인 반가움을 표현하거나 과도한 애정을 드러낼 때도 그런 말을 써요. 가정에서 할머니가 손자를 어르면서 하도 예뻐서 내 강아지, 우리 강아지, 하는 말 들었죠? 맞아요. 갓 태어난 강아지가 얼마나 예쁩니까. 어미개의 눈에 강아지들의 애교는 깨물어주고 싶도록 예쁠 거예요? 입으로 긁고 장난치고 놀고……. 그런가 하면 서로 죽을 고비를 넘기고 10년 만에 만나서, 개새끼 그동안 뭐 했어, 라고 할 때도 있겠죠? 사람에 따라서는 극단적인 욕을 칭찬하듯이 사용하기도 해요. 누군가 도저히 용서할 수 없는 상황인데 "훌륭한 사람이야 그 사람." 하고 표현했을 때, "아, 그 사람 훌륭해!" 하는 감정의 파도를 읽지 못하면 정반대의 뜻이 됩니다. 외국인들이 한국어 공부하는데 가장 어려운 게 그거라고 해요. 뜨겁고 얼큰한 국물을 마시면서 "어~ 시원하다." 아니, 저건 뜨거워서 목이 데일 정도인데 어떻게 시원하다고 하지? 근데 우리 감정 상태를 보면 그것을 시원하다고 해야지 뭐라고 합니까. 이제 여기에 이어지는 질문을 하나 살펴볼까요?

둘, 문학의 언어가 따로 있는가?

이 질문의 요지는 쌍스러운 말로 시를 써도 되는가 하는 거예요. 전례가 있어요. 1960년대 문단에 김수영의 시가 쏟아져 나올 때 「거대한 뿌리」, 「어느 날 고궁을 나오면서」 같은 걸작들을 놓고 설왕설래가 많았어요. '아이스크림은 미국놈 좆대강이나 빨아라' 같은 욕설이 시에 등장하자 쌍스러운 표현이 어떻게 시어일 수 있느냐 하는 논쟁이 벌어진 겁니다. 그에 대해 제 생각은 이래요. 근본적으로 문학의 언어로 사용할 수 없는 낱말은 없습니다. 그림이나 부호를 쓰는 경우도 많아요. 하지만 여기에는 반드시 전제되어야 할 것이 있어요. 냉동된 언어는 문학의 언어가 아니고 활어(活語)는 문학의 언어입니다. 성격 창조에 관여되는 언어는 모두 문학의 언어이고, 성격 창조와 무관한 언어는 아무리 고상해 보여도 비문학, 비예술의 언어예요. 예를 들어볼게요. 지금 작품의 제목이 기억나지 않는데 5·18 이후에 황지우 시인이 4·19 때의 신문기사를 옮겨놓는 시를 발표한 적이 있어요. 딱딱한 기사를 시라 하는 게 좀 불만스러운 사람도 있겠지만 그것은 시입니다. 그 시의 언어는 성격 언어였어요. 과거사를 반복하는 역할이 아니라 역사적 상황을 복기하는 화자를 통해 당대에 표현될 수 없었던 분노를 표출하는 5·18적 성격이 창조되고 있어요. 맹문재 시인도 이사에 관한 시를 쓴 적이 있어요. 역시 제목은 생각이 안 나는데, 누구나 이사를 갈 때마다 주소를 옮기잖아요. 이를테면, 부천에서 부평으로, 부평에서 영등포로, 또 봉천동 산동네로, 짧은 세월에 열 몇 번씩 이사를 다녔던 기록을 보면 슬픔이 미어져 나옵니다. 거리에서, 아, 저게 사실은 우리의 고달픈 삶이었는데… 하는, 성격창조가 이루어지는 거예요. 그에 반해 시적인 것 같지만 시가 아닌 경우도 있어요.

　근자에 문학이 위축되는 상황을 돌파하겠다고 나오는 난센스 중 하나가 라디오에서 가끔 펼치는 '즉흥 시 짓기' 특히 '삼행시' 놀이입니다. 이건 문학일까요? 아닙니다. 왜냐하면 문학은 형상화된 인물을 통해서 형상적 사유가 개진되는 것이지 오락이 아니에요. 삼행시 놀이가 일정하게 시적인 재치를 활용하는 건 사실이지만 그런 단순한 말 잇기 놀이에서 인간형이 창조되고, 또 거기에서 시대의 곤혹과 딜레마가 드러나는 일은 발생되지 않습니다. 솔직히 말하면 그런 재치 놀이는 문학이 아니라 그 사촌 비슷한 것에도 미치지 못해요.

마찬가지로 속담이나 잠언이 근사해서 시처럼 살짝 풀어보는 경우
도 있어요. 그 역시 시가 되지 않습니다. 아셨죠?

3장

노래와 이야기

겨울과 봄 사이

　달에서 지구를 보면 무엇이 보일까요? 인간의 흔적을 느낄 수 있는 거라곤 중국의 만리장성뿐이라고 해요. 아마도 그게 농경지대와 유목지대의 휴전선이라 해도 될 거예요. 애니메이션 '뮬란'을 보면 그들이 오랫동안 전쟁을 벌여 왔는데, 왜 싸워야 했는지, 둘이 어떻게 다른지를 달에서는 알 수 없어요. 생각해보면 경계라는 게 그래요. 가령, 베이징 사람에게 고향을 물으니 매우 가깝다고 하면서, 자그마치, 기차로 다섯 시간 거리에 있대요. 한국에서 다섯 시간 거리면 끝에서 끝이죠. 그런가 하면 북한과 중국은 접해 있어서 굉장히 좁은 도랑 하나를 국경으로 삼는 곳도 있어요. 하지만 그 도랑 하나 때문에 사용하는 말이 달라집니다. 중국 이쪽 끝과 저쪽 끝은 여러 날 차를 타야 할 만큼 멀지만 정치, 경제, 사회적으로 하나의 공동체이고, 개울 하나를 사이에 둔 북한은 그것과 다른 공동체라 모든 차이가 굉장히 커져요. '개념어'의 경계란 이렇게 식별 자체가 불가능한 것들도 있어요. 말이 나온 김에 그것까지 미리 언급하고 갈게요.

126

달력에 의하면 어느 해 봄을 시작하는 첫 번째 날은 3월 5일입니다. 개구리가 땅에서 나온다는 경칩이 바로 3월 5일인 까닭이에요. 그렇다면 3월 4일 밤 열두 시를 경계로 겨울과 봄이 나뉘는 건가요? 아니죠? 그러나 겨울과 봄은 분명히 존재해요. 제 문학 이야기가 그랬을 겁니다. 그간 굉장히 크고 추상적인 굴레를 두고, 마치 달나라에서 지구를 보듯이 사회적 인식의 바다에서 문학의 영해를 나누었으니까요. 이제 좀 구체적으로 시, 소설, 이런 것들이 보이는 자리로 내려가 볼까 합니다.

먼저 묻고 싶어요. 누군가 문학을 하겠다고 할 때 그것은 그냥 문학일까요, 시 혹은 소설일까요? 누구도 사회의식의 여러 형태들을 살핀 다음, 예술이 자기 적성에 맞는가, 그 안에서 문학을 선택할 것인가, 그렇다면 시를 쓸 것인가 소설을 쓸 것인가, 이렇게 정하지 않을 겁니다. 틀림없이 처음에는 어떤 시인가 소설인가에 감동을 받아서 점점 흥미를 느끼다가 나중에 그 장르에 속하는 글을 쓰게 될 걸요. 물론 그렇게 해서 정한 장르를 언제까지 고집스럽게 밀고 가지만은 않겠죠. 글을 쓰다 보면 그저 추상적인 문학이 아니라 어떤 것은 시로, 또 어떤 것은 소설로 써야 좋겠구나, 하는 걸 재발견하게 됩니다. 그렇다면 그런 경계가 왜 생겼을까요? 제가 첫 번째로 하고 싶은 말은 이렇습니다. 강의 발원지는 하늘이 아니라 땅에 있다!

예술의 형식은 하늘에서 내려오는 것이 아니라 땅에서 시작됩니다. 서사적 장르든 서정적 장르든 인간의 삶 속에서 서사적, 서정적 감동의 형태가 따로 존재하기 때문에 그 원형을 근거로 나뉘게 되어 있어요. 즉 삶을 관찰하는 형식이 바로 서정적 방식이냐 서사적 방식이냐를 가른다는 거죠. 문학의 갈래는 개개 인간들이 이웃들과 삶의 감동을 주고받는 의사소통의 방식에 의해서 나뉘기 시작했습니다. 삶에서 감응하는 감동의 형식이 장르의 차이를 만든 거예요.

대체적으로 문학의 장르는 크게 세 가지 형태로 구별됩니다. 서정적 양식, 서사적 양식, 극적 양식. 지금도 이렇게 낡은 식별이 필요한지 묻는 이가 없지 않지만, 어머니들에게 물어보세요. 지상에는 수없이 많은 인간이 살아서 남녀의 식별이 어려워 성 정체성에 혼란을 겪는 사람이 없지 않습니다. 그럼에도 불구하고 성장기의 문제들을 남과 여가 다르게 겪는 건 사실이잖아요. 문학에서도 시가 아무리 소설처럼 풀어져 있어도 시는 시이고, 소설은 소설이라는 거죠. 이문구의 『관촌수필』과 이문구의 여타 수필은 장르 식별이 불가능할 만큼 가까워 보이기도 합니다. 물론 다르긴 해요. 그것을 어떻게 식별할 것인가, 또 그런 차이는 왜 생기는가, 제가 지금 하려는 이야기가 그런 겁니다.

참, 문학의 장르와 그 본성을 알기 쉽게 문학의 남녀 성별의 차이라고 생각하세요. 그런데 그 남자와 여자, 즉 시와 소설을 이야기하기 전에 먼저, 극문학 이야기를 해두고 지나가는 게 좋을 것 같아요. 이건 남녀의 성격을 다 가지고 있어서 마치 양성적인 느낌을 주거든요.

일단 간단히 정리해두고 갑시다. 극문학은 상연을 전제로 한 문학이에요. 희곡, 시나리오 등 각종 대본에 속하는 작품들을 극문학이라 합니다. 연극, 드라마, 영화들을 보면 알 수 있듯이 문자에 의한 문학이라고 보기 어려운 측면이 있는 게 다른 매개의 수단을 필요로 하기 때문이에요. 다른 예술 매체의 밑그림으로서의 문학이랄까, 하여튼 극적 방식에 의한 문학의 가장 큰 특징은 시간과 공간, 사건과 장소가 한정되어 있다는 것입니다. 문자를 애오라지의 수단으로 하지 못하는 만큼 이곳에서는 무엇이든 늘 과감하게 예각화 해야 하는 숙명이 발생합니다. 그 제약된 시간과 공간 속에서 자기 삶의 내용을 표현하기 위해 예각화 하는 것을 극적이라고 하죠. 그렇다면 연극인가 드라마인가 영화인가 하는 것들에 따라 다 그쪽 장르의 특성에 맞추어 진행이 되겠죠. 그러므로 그쪽에서 표현상의 제약이 크면 클수록 예각화의 강도 역시 커지는 겁니다. 드라마처럼 세세하게 보여줄 때보다 연극에서 연기를 할 때가 배우의 표정도 훨씬 예각화 됩니다. 제약이 클수록 극적인 효과를 많이 내야 하기 때문에 극문학에서는 스펙터클에 속하는 것들은 전부 예각화 하는 것들이고 극화시키는 것들의 하나지만 대본에서는 크게 진가를 드러내지 않을 수도 있어요. 대사를 중심으로 하여, 작자는 등장인물이 직접 말하는 언어를 작품에 옮겨놓고 거기에다 행동의 상황과 기타 배우의 연기에 대한 지시를 덧붙이는 겁니다. 그래서 이것은 이미 언어로 된 형상이 아니라 연극예술의 형상이라 볼 수 있어요. 살아있는 행동과 여러 가지 육체적 효과까지도 이용하고 있으니까요. 여기에서는 서사와 서정이 따로 구분되지 않습니다. 대신에, 영화 때문에 극예술의 일부를 산업으로 볼 것이냐, 예술로 볼 것이냐 다투는 경우가 왕

왕 있어요.

그럼 이제 서사와 서정의 문제가 남네요. 오늘 논의의 핵심이 여기에 있으니, 이 두 가지 명제는 좀 차분하게 살펴보는 게 좋을 것 같아요. 제가 그것을 발견했던 순간을 설명해볼게요.

서정적 장르의 발원지

서정 문학은 왜 생겨났느냐? 이건 시 쓰는 분들이 잘 알겠죠.

제가 시인으로 등단을 해서 출판사에 취직했을 때예요. 꽤 중요한 시 동인이 한 달에 한 번씩 회합을 갖는데, 제가 신입이고 또 후배라 곁에서 커피도 타드리고 잔심부름을 했어요. 어느 날, 한 분이 신문 기사를 오려 왔어요. 내용인즉, 미국에서 제3세계에 물자를 원조할 때, 수혜를 받으려면 국영 방송에서 미국 드라마 '타잔'을 적어도 2회 이상 방영해야 된다는 거였어요. 물자원조의 배후에 모종의 문화공작이 있었던 겁니다. 원주민 아이들에게 타잔을 보여주면 강력한 문화적 감염이 일어납니다. 지상에서의 선(善)의 표상이 달라진달까? 타잔의 용모, 피부색, 사용하는 언어, 몸짓, 발짓이 그들이 도달하고 픈 이상적인 인간형의 표본으로 되는 거예요. 그렇다면 미국인의 용모를 미적 가치의 척도로 삼게 만드는 일종의 문화 침략이 이루어지겠죠. 이를 염려하는 선배들을 보면서 마음이 아주 훈훈했어요. 더구나 당대의 시인들이 이런 현실을 눈 감으면 안 된다고 해서 타잔에 대한 시를 하나씩 써오기로 할 때는 얼마나 감동이 전해져 왔는지 몰라요. 다음 모임을 기다리지 않을 수 없었는데, 마침내 때가 되자 다들 숙제를 안했다고 뒤로 빼더니(글 쓰는 사람들의 내숭은 다 그림이 그려지죠?) 나중에 한 사람씩 꺼내놓아요. 순식간에 한국문학사에 '타잔'이라는 시 열 편이 태어나는 장면을 목격했지 뭡니까? 시인이라는 것이 자기 시대의 예민한 촉수임이 분명하구나, 역시 '나라와 계급의 귀자 눈이요 감각 기관'(이건 러시아의 작가 고리키가 한 말입니다)이다, 싶었던 거예요. 그래, 그날 집에 가서 저도 그 분들처럼 흥을 내봤는데, 히, 둔재라 금방 벽에 부딪치는 겁니다. 도대체 감흥이 일지 않아요. 이렇게 해서 어떻게 시가 나오지? 시간이 흐르면서 점점 의구심이 드는 게 있어요. 모름지기 시란 내 안에서, 저 깊은 가슴에서 샘처럼 솟구치는 것이지, 바깥에서 주입되는 건 아니지 않는가 하는 문제의식이 생겨난 거예요. 고민하던 끝에 마침내 사전을 뒤지게 됐어요. 그 시절에 사용하던 작은 국어사전을 펼치니 김이 푹 빠집니다. 시란, 운문의 한 형태요, 서정시 서사시 극시가 있다고 나와요. 내가 궁금해 하는 게 서정시일 테니 그 쪽을 펼쳐봤어요. 서정시란, 서정을 위주로 한 시라고 나와요. 이런, 그래서 다시 서정을 찾게 된 거예요. '객관 세계에 의하여 환기된 주관적인 감정'이라 해설됩니다. 알아듣겠어요? 곰곰이 생각해 보세요. 개념이란 쉬운 듯이 어렵고, 어려운 듯이 쉽습니다. 저는 어느 순간에 머리가 열리는 듯이 흥분했어요.

시골내기의 서울 취업이라는 게 이래요. 회사란 절대적인 장소라 출근할 때 가던 길로 퇴근할 때도 고스란히 돌아오게 되어 있어요. 언제나 어스름한 거리를 걸어서 전철에 오르고 또 고만고만한 시각에 맞춰 돌아오다 보면 처음에는 설레지만 어느 순간부터 지겨워지게 됩니다. 어떤 날은 열심히 하자 맘먹을 때도 있고, 퇴근하거든 빨리 집에 가서 드라마나 한 편 보다가 퍼져야지 하는 생각을 하기도 해요. 그런 단조로운 생활이 반복되다 보면 객관 세계(환경)가 저의 마음을 조금치도 건드리지 못하고 지나가는 날이 많아집니다. 개인 감정이 객관 세계에 너무 익숙해지는 거죠. 날씨가 추우면 옷이 조금 두꺼워지고, 날씨가 풀리면 조금씩 얇아지는 차이만 있을 뿐, 다른 변화를 느낄 수가 없어요. 아마도 퇴근길에 달이 떴던 날이 없지 않았을 텐데 보이지 않고, 별이 떠 있던 사실도 기억할 수 없습니다. 심하게는 매일 같이 은행나무 밑을 지나면서 그 잎이 파랬는지 노랬는지 감지하지 못하게 돼요. 어느 가을날에는 뭔가 허전한 느낌을 갖지만 그게 청소부 아저씨가 은행나무 잎을 다 털어버린 탓에 생겨난 기분이라는 것도 몰라요. 객관 세계에 의하여 주관적인 감정이 환기되지 않는, 즉 서정이 발생되지 않는 상태, 상투적인 말로 권태가 반복되지요. 맞아요. 권태가 서정의 반대말이에요.

이제 그렇지 않은 경우를 이야기해볼게요. 겨울 어느 날이었어요. 날씨도 추운데, 조금 더 자고 싶은 것을 참고 일어나 출근 채비를 서둘렀어요. 세든 방이 반(半)지하라 바깥이 잘 보이지 않아요. 이렇게 되면 날씨와 복장을 못 맞추는 경우가 허다합니다. 그래, 대충 준비하고 문을 열었는데, 온 세상이 발칵 뒤집혀 있습니다. 뜻밖에도 눈이 펑펑 내려서, 바람을 타고 눈발이 들이쳐 얼굴과 몸통을 마구 때려요. 저는 마치 고구려 장수가 화살 속을 뚫고 적진을 향하듯이 목을 잔뜩 움츠리고 걷습니다. 그때 어지럽고 캄캄한 눈발 사이로 고향집 울타리가 보이고 그 곁에서 손을 흔들던 어머니의 모습이 보입니다. 고향을 떠나올 때 순이도 그 뒤에 서 있었는데……. 갑자기 참을 수 없는 그리움이 솟구칩니다. 눈이 펑펑 내려서 천지는 하얗고, 마음은 한없이 심란해져서 숱한 그리움이 들끓어 감정이 요동을 칩니다. 객관 세계에 주관적인 감정이 크게 뒤집힌 겁니다. 오늘은 직장에서 잘리는 한이 있더라도 편지라도 한 통 써야지, 보고 싶은 친구에게 전화라도 해야지, 이렇게 정서불안이 생기는 것, 이걸 서정이라 합니다. 객관 세계에 의하여 환기된 감정! 바로 이런 서정을 위주로 한 시가 서정시라는 겁니다. 그렇다면 서정을 위주로 하지 않은 시는 아무리 시적 이미지와 운율을 잘 다듬어 놓더라도 좋은 서정시가 되지 못한다는 얘기겠죠?

서사의 냄새

이제 서사 이야기를 할까요? 제가 군에 입대할 때 일이에요. 1980년 5월, 저는 광주에서 소집될 병력이었어요. 다들 어떤 역사적인 사건을 떠올릴 거예요. 그 5·18 때문에 이듬해 4월에 입대하게 되었는데, 목포에서 집결할 때 날씨가 어찌나 뜨거운지 반팔 옷을 입었습니다. 머리를 빡빡 밀고 젊음의 한 고비를 넘는다, 하면서 전방에 닿으니 하얗게 눈이 쌓여 있어요. 육군 중사, 상사 계급장을 단 나이 든 군인들이 스키파카라고 하는 하얀 전투 점퍼를 입고 대검으로 무를 쓱쓱 깎아 먹는데 아이고 죽었구나, 싶더라고요. 다행히 동기 일곱 명이 함께 배속되어서 그나마 위로가 되었어요. 훈련병 시절을 마치고 자대에 닿으면 신고식이라는 걸 합니다. 그때 소위 군기를 잡히는 긴장된 상황을 겪어야 해요. 저희에게 그걸 가르친 사람은 경상도 사투리를 아주 심하게 쓰는 민병장님이라는 분이었어요. 첫날, 큰 몽둥이를 들고 얼마나 겁을 주던지, 그 억센 경상도 사투리에 오금이 저리다 못해 이내 억울한 감정에 사로잡혔지 뭡니까? 화장실에 갈 때 동기 일곱 명이 머리를 맞대고, 저이는 지역감정으로 이러는 거다, 나중에 제대하면 부산에 찾아가서 혼내주자, 하는 얘기까지 하게 됐습니다. 그 후 같은 막사에서 지내면서 마주칠 일도 별로 없었어요. 그러다 계급이 올라 이마에 작대기 두 개를 다는 날 민병장님이 제대를 한대요. 저희 동기들이 마지막 취침시간에 작당하여 따로 모임을 가졌습니다. 오늘을 놓치면 안 돼! 그런데 대화 내용이 조금 이상해요. 달빛은 휘영청한데 과자 몇 봉지를 가운데 두고, 민병장님을 붙든 채 나중에 제대하면 꼭 부산에 가겠다고 약속을 한 거예요. 이 무슨 일입니까? 처음에는 미워서였고 나중에는 고마워서인데, 저는 그 두 장면의 차이를 어떻게 간단하게 설명할 길이 없어요. 민병장은 도대체 말이 없는 성격입니다. 나이도 한 살 차이에 불과한데, 말만 없는 게 아니라 행동도 없어요. 첫날의 그 억센 경상도 사투리가 정들기 시작한 것은 3개월쯤 지났을 때부터일 거예요. 뚜렷한 계기도 없이 인상이 바뀌어가더니 점점 시간이 흐르면서 매력적으로 변하는 거예요. 그래, 민병장이 부산에서 학생 운동을 하다 끌려왔는데, 결국 헤어지기 며칠 전에야 5·18 때 전방에서 고생한 고참들이 저희를 혼내려고 하는 걸 알고 지키기 위해서 그렇게 고래고래 소리를 질렀다는 사실을 안 겁니다. 6개월 전의 풍경에서 6개월 후의 풍경에 이르게 된 연유를 말하자면 불가피하게 '사연'이라는 걸 털어놓을 수밖에 없어요. 단일한 상황, 장면 하나로는 도저히 설명이 불가능한 것, 바로 이게 서사예요. 사람과 고기는 사흘을 함께 지내면 냄새가 난다고 해요. 이 냄새가 바로 서사입니다.

인간은 필시 여러 가지 우여곡절을 대동하게 되어 있어요. 자세히 들여다보면 삶의 시간은 온통 파란만장으로 차 있습니다. 우리가 일상적으로 쉽게 흘려보내는 시간들조차도 돌아보면 역동적인 서사 체험으로 충만해 있어요. 어제도 학원을 차린 친구가 그 이야기를 합니다. 처음에 두 명의 선생이 필요했대요. 모집을 하자 네 명이 응시하여 A, B, C, D가 면접에 응했답니다. 그냥 첫눈에 A가 맘에 들어 합격 시키고, D는 첫눈에 맘에 들지 않아 탈락시켰어요. 그리고 B와 C 중 한 사람을 택해야겠는데 누가 좋을지 판단이 안 서더라는 겁니다. 그래서 약점이 없나 관찰한 끝에 C가 신발 뒤축을 접어서 신는다 하여 탈락시켰으니, 결국 B는 장점도 없이 뽑힌 셈이 됐어요. 그 학원이 처음에는 꽤 잘 됐대요. A가 특히 유능하여 역시 잘 뽑았다 생각했는데, 이내 이웃에 큰 학원이 생겨서 학생이 뚝 끊겼어요. 무엇보다 치명상은 그곳에서 A를 스카우트한 거예요. 경쟁이 안 되어서 정리하려고 하는데, 한 쪽에서 학생들의 웃음소리가 끊이지 않더래요. 소수이지만 B가 한결같이 별로 빛나지도 않은 채 일을 잘 하고 있었답니다. 오래 두고 볼수록 좋은 사람이었던 거죠. 그래서 친구는 이제 선호하는 사람이 바뀌게 되었어요. 다음부터는 언제나 A처럼 쉽게 빛나는 사람이 아니라 B처럼 덤덤하게 존재감을 잘 드러내지 않는 사람을 좋아하게 된 겁니다. 길고 큰 시간의 우여곡절 속에서 외로움을 버틸 줄 아는 인간을 훌륭한 자질을 가진 사람으로 여기게 된 거예요.

여기에서 A와 B를 구별시킬 수 있는 것은 쉼 없이 흐르는 시간과 수없이 많은 일들뿐, 그 많은 우여곡절이 없다면 B의 훌륭함은 설명할 수 없어요. 바로 이 같은 서사의 힘을 볼 줄 모르는 사람은 아무에게나 쉽게 "부잣집에서 태어나 온실 속에서 자랐으니 무슨 아픔이 있겠느냐."고 말합니다. 아직 젊은 사람이 노숙자에 이르게 된 경우도 이해할 수 없어요. 모든 생명체는 태어나는 순간부터 끝없이 낯선 전인미답의 길을 헤쳐가면서 숱한 서사를 겪게 되어 있어요. 따지고 보면 서정이라는 것도 그 때문에 생겨나는 겁니다. 끝없이 상처를 받으며 객관 세계에 의해 주관적인 감정이 환기되면서. 그래서 잠시도 동일한 시간을 살지 못합니다. 어제 내리던 햇살은 오늘의 것과 달라요. 누군가 한강이 푸르다고 말한다 해도, 한강의 물빛은 어제의 것과 오늘의 것이 다릅니다. 모든 생명체는 최초의 자리를 그대로 안고 갈 수 없어요. 시간이 끝없이 잔물결처럼 스쳐가서 영혼을 흐트러뜨리고 요동치게 하고 잠잠해지는가 하면 또다시 변화하게 합니다. 우리는 자기가 그토록 기대했던 성취의 문턱에 서있다 생각하는 순간에 재생 불능의 상태에 빠지기도 하고, 삶을 포기하려는 순간에 성취의 문턱에 가있는 경우도 많아요.

이제 정리할게요. 서사적 방식이란, 단일한 상황만으로는 전달할 수 없는, 끝없이 변화 발전하는 상황을 연결시켰을 때에만 통하는 전달 방식을 의미합니다. 그래서 서사의 핵심은 우여곡절이에요. 세상사의 곡절들을 잘 읽고 그리는, 또 그것에 실감을 부여할 줄 아는 사람이 서사적 재능을 타고난 사람입니다. 그렇다면 서사에서는 이야기 얽음새가 중요하겠죠. 구성의 문제가 강조되는 이유가 여기에 있어요.

장르에 대한 작가들의 견해

　장르의 연원이 일상의 감동 표출이 소통되는 방식에 있다는 사실을 작가들처럼 잘 아는 이는 드물 것입니다. 서양에서도 그렇고 한국에서도 그렇고, 작가들의 설명은 대략 비슷한 것 같아요. 이제 그런 예를 들어볼게요. 체코 출신의 밀란 쿤데라는 영화 〈프라하의 봄〉의 원작이 된 소설『참을 수 없는 존재의 가벼움』을 쓴 사람입니다. 비평에도 두각을 보였는데『소설의 기술』이라는 책은 일독을 권하고 싶어요. 보통 평론들과 달리 소설가의 창작체험이 아주 실감나게 드러나는 책이에요. 거기에서 그는 "아니다, 그렇지 않다!"의 정신이 소설의 본질이라고 말해요. 서사, 우여곡절, 이야기 얽음새라는 말 속에 그런 뜻이 들어있다는 것을 어떻게 알았을까요? 누구든지 처음엔 쉽게 생각하지만 시간이 흘러 변화를 겪다 보면 그것이 아니란 것을 느낄 수 있어요. 가령, 박경리의『토지』를 놓고 어떤 분이 질문한 적이 있어요. "어떤 인물이 가장 마음에 드십니까?" 작가는 처음에 길상이를 좋아해서 중심에 놓으려 했으나, 시간이 흐를수록 자

꾸 쳐지는 걸 느꼈다고 해요. 이야기를 풀다 보니 우연히 주갑이라
는 인물을 출현시키게 되었는데, 이 여분 급의 인물이 세월이 흐를
수록, 서사가 깊어질수록 매혹을 더하더라는 겁니다. 작가 박경리는
『토지』이전에는 길상이를 좋아했으나『토지』를 쓰고 난 결과로 주갑
이를 더 좋아하게 된 겁니다. 이게 우리가 서사를 통해 배우게 되는
일들이에요. 그럼, 이런 서사는 어디에 사용되는 것이냐? 역시 밀란
쿤데라는 서사문학의 본질을 "인간 성격의 새로운 측면을 발굴하지
않은 작품은 부도덕한 작품"이라고 말해요. 이야기를 풀어가는 패턴
이 새롭고, 문체가 조금 새롭고, 그 사물을 바라보는 눈이 조금 새로
운 게 새로운 것이 아니라, 그 서사가 밝혀내는 '아니다, 그렇지 않다'
를 보여주는 인간 성격의 새로운 측면이 새롭게 드러나는 것이 새로
운 소설이라는 겁니다. 소설가답지요? 그런데 한편으로는 서정적인
장르, 즉 시에 대해서도 꽤 명쾌한 설명능력을 보여요. 밀란 쿤데라
는 시를 "저 뒤쪽 어디에서" 오는 것이라고 정의해요. 어느 날 불쑥,
존재의 저 뒤쪽 어디에서 치솟아오는 것, 서정적 방식에 의한 것은
역시 감정 표출이 핵심입니다. 예로 들어볼게요. 〈일 포스티노〉라는
영화를 보면 마지막 자막에 「시」라는 제목의 시가 올라옵니다. 파블
로 네루다가 서정이 무엇인가를 보여주는 사례예요.

그러니까 그 나이였어…… 시가
나를 찾아왔어, 몰라, 그게 어디서 왔는지,
모르겠어, 겨울에서인지 강에서인지.

언제 어떻게 왔는지 모르겠어,

아냐 그건 목소리가 아니었고, 말도

아니었으며, 침묵도 아니었어,

하여간 어떤 길거리에서 나를 부르더군,

밤의 가지에서,

갑자기 다른 것들로부터,

격렬한 불 속에서 불렀어,

또는 혼자 돌아오는데 말야

그렇게 얼굴 없이 있는 나를

그건 건드리더군.

　느낌이 전해져 옵니까? 하여튼, 그것이 오는 때가 언제인지 나는 몰라요. 아침인지 저녁인지 커피를 마실 때인지 산책길에서인지 알 수 없지만 그것은 바람이 불어오듯이 나의 가슴 속으로 불쑥 찾아옵니다. 저도 그런 경험을 한 적이 한두 번이 아니에요. 한 번은 어느 골목길을 꺾어 나올 때 눈앞에 갑자기 커다란 허공이 나타나 견딜 수 없이 쓸쓸했어요. 무엇이 나를 이렇게 심란한 마음의 오지 속으로 데려가는지, 그것이 내 자신인지 세상의 풍경인지⋯⋯. 유행가를 빌려서 표현하자면 김현식이 부른 '내 사랑 내 곁에'의 한 구절을 체험한 겁니다. "저 여린 가지 사이로 혼자인 날 느낄 때." 내 일상에 아무런 영향을 미칠 수 없는 '여린 가지 사이'의 허공이 눈에 들어와 느닷없이 사랑의 마음을 잃고 혼자 외로운 상태가 되어 있는 것을 깨닫고 만 거예요.

이 같은 통찰력은 한국 작가의 글에서도 자주 발견이 됩니다. 제 기억에 김성동의 『길』에서 읽은 것 같은데, 다시 확인해 보려고 펼쳐 봤더니 한참을 뒤져도 눈에 띄지 않아요. 그래도 김성동의 소설에서 읽은 것만은 확실해요. 내용인즉, 이제 막 문학을 발견한 고등학생 하나가 수업시간에 선생님께 질문해요.

"운문과 산문이 어떻게 다릅니까?"

"산문이 발걸음이라면 운문은 춤이지."

이거 참, 탁월한 비유예요. 사람은 언제 걸음을 걷지요? 걷는 것은 이동하는 동작입니다. 그래서 불필요하게 모양을 내거나 예쁘게 걸으려고 신경을 쓰다보면 발을 헛디디게 돼요. 자연스러운 걸음걸이가 왜 중요한지는 이따가 다시 설명할 게요. 그렇다면 춤은 언제 춥니까? 흥이 솟구쳐야 되잖아요. 어떤 이동의 필요 때문에 춤 동작을 하게 되는 건 아니라는 사실은 시 문법을 이해하는데 꽤 중요한 단서가 됩니다.

이제 그 점을 좀 촘촘히 짚어볼게요. 산문이 걸음이라고 생각하는 사람은 소설에서 중요한 것이 '문체'라고 말하기 마련입니다. 작가 김성동 역시 소설은 문체라고 말하는 걸 들은 적이 있어요. 하나의 서사를 펼쳐가기 위해서 문체에서 '이동하는 발걸음의 미학'을 확립하는 것이 왜 중요한지 예를 들어 볼게요.

예나 지금이나 사내들이 군대에 갔다 오면 '일빵빵'이라는 표현을 자주 쓰지요? 주특기가 100에 해당하는 병사를 보병이라 해요. 전투력의 기초이자 말단에 속하는 '다리가 무기인 사람'이 100들이에요. "오늘도 걷는다마는 정처 없는 이 발길" 하는 노래를 즐겨 부르는 보병들은 군대 생활을 내내 행군으로 채웁니다. 저는 왕년에 '104'라고 해서 '일빵빵'에 기관총을 하나 더 들어야 하는 주특기였는데, 하도 장거리 행군을 많이 하니 졸병 때 '낙오'에 대한 공포가 있었어요. 한 사람이 낙오를 하면 옆에 있는 사람이 그를 들쳐 메고 걸어야 합니다. 당사자는 얼마나 난처한지 몰라요. 제가 지금 소설 창작론을 이야기하고 있다는 사실을 눈치 채지 못하죠? 그래서 각종 고민을 하게 되는데, 사실은 체력이 약한 사람이 낙오를 하는 게 아니라 걸음이 서툰 사람이 낙오를 하는 겁니다. 걷다가 돌멩이를 잘못 밟아 삐끗하거나, 주의가 산만해서 한 눈을 팔거나, 호흡을 안정되게 유지하지 못하거나 해서 걸음걸이가 불성실해지면 고참병이 달려와 걷어찹니다. 낙오할 게 틀림없거든요. 알겠습니까? 걸음은 정확성이 핵심이에요. 소설 문체는 자연스럽고 안정되게 흘러야 오래 갈 수 있고 상황과 상황의 발전을 감당할 수 있어요. 그에 비추어 시는 어떻습니까? 더러 시를 읽으면서 도대체 무슨 뜻인지를 먼저 헤아리려고 연구 분석하는 이가 있어요. 좀 과잉된 열정입니다. 우리가 춤 구경을 그렇게 하는 건 아니지요? 사람은 뜻을 전달하려고 춤을 추는 것이 아니라 흥이 표출되어서 추는 겁니다. 의미를 만들기 위해서가 아니라 신명이 솟아서 추는 거라면 춤에서 가장 중요한 것은 진정성이 되죠. 허수경의 시에서 이런 구절을 읽었어요.

"모든 악기는 자신의 불우를 다해서 운다."

얼마나 근사합니까? 서정적 장르의 핵심을 찌르는 말이에요. 돈으로 환산하면 500원 어치나 아픈 사람이 표현은 5만 원 어치나 아픈 사람처럼 비명을 지르면 좀 짜증나요. 그래서 시에서는 아프지 않고 앓는 일, 즉 '무병신음'을 가짜라 합니다.

여기에서 질문이 하나 있을 수 있어요. 그렇다면 시가 의미망을 펼치지 않았는데 시인의 마음이 어떻게 독자에게 전달되느냐 하는 겁니다. 아주 쉽게, 종소리를 생각해보세요. 먼 데서 종소리가 울려와 마음에 닿을 때 가슴 아파라, 가슴 아파라 혹은 기뻐하라, 기뻐하라 하고 울려오는 건 아니죠. 종소리는 아무런 글자도 싣고 오지 않아요. 그런데 울려오는 소리가 듣는 이의 마음과 마찰이 되면서 어떤 느낌을 안겨다 줍니다. 듣는 이는 이렇게 반응해요. 누가 치는 종소리이기에 저렇게 남의 애를 끓이나. 시는 언어를 마치 피아노의 건반을 다루듯이 다룹니다. 건반이 배,고,파 하고 말하지 않지만 듣는 사람이 거기에서 오래 굶은 자의 슬픔을 전달받는 거예요. 그 때문에 어떤 노래는 듣는 순간 편안한 마음이 몰려와 자장가가 되고, 또 어떤 노래는 고막에 닿자마자 내적 에너지를 충동해서 힘차게 행군을 하도록 만드는 현상이 빚어집니다.

서사적 운문과 서정적 산문은 없을까?

　그럼 이제 서정과 서사가 어떤 장르들을 만들어 내는지 살펴볼 시간입니다. 누구나 쉽게 떠올릴 수 있는 것은 서정은 운문으로 표현되면서 시를 낳고 서사는 산문으로 표현되면서 소설을 낳는다는 겁니다. 그런데 우리는 가끔 분류 체계를 달리 하는 뜻밖의 표현을 보게 됩니다. 가령, 박경리의 『토지』를 지칭해 '대서사시'라고 표현하듯이 어떤 소설을 두고 삼대에 걸친 기념비적인 서사시라고 하기도 해요. 그건 이렇게 생각하면 좋을 것 같아요. 옛날에는 문자가 아닌 말이 중심이었고, 말 속에는 서사문학이건 서정문학이건 불가피하게 운율이 담기게 되어 있었어요. 모두 운문이었던 것인데, 이 운문이 문자시대에 이르러서는 점점 노래와 이야기로 분화되기 시작해요. 대하 서사가 운문으로 펼쳐졌던 시대에는 소설이라는 표현이 필요 없었겠죠? 이게 오래 된 사실 같지만 역사적으로 그리 멀지 않아 있었던 일들입니다. 제가 고은 시인께 들었던 이야기를 그대로 반복해 볼게요.

아버지는 '이야기책'을 음독하는 것으로 마을에서 소문나 있었지. 근대의 종이문명 후기는 음독으로부터 묵독으로 바뀐 시기이지만 소리 내어 문자를 읽는 일의 서사활동은 고대 이래 아주 긴 문화표현의 역할을 도맡아왔지. 수메르의 길가메시도, 인도의 라마야나도, 훨씬 뒤의 일리아드나 오디세이도 다 낭송 서사였어. 우리도 멀리까지 갈 것 없이 조선 후기 그 종각 들머리인 지금의 종각 언저리나 어디나 이야기꾼이 나와서 하루 내내 그 서사세계를 펼쳐왔지. 전기수 말이네.

안중근의 글씨에 "하루라도 글 읽지 않으면 혓바닥에 가시가 돋는다"는 것이 있지. 그것은 글을 큰 소리를 내어 읽어야만 입안의 혀가 잘 움직여서 거기에 탱자가시 따위가 나지 않는다는 음독 권장이지. 만약 우리가 책을 읽듯이 그저 눈으로만 읽는 일이라면 이 경고는 혓바닥에 가시가 돋는 것이 아니라 눈에 다래끼가 날 것이라는 표현의 경고로 바뀌었겠지.

그 후 눈으로 읽는 예가 많아지면서 산문이 늘어나고 발달하지만 그렇다고 해서 모든 서사문학이 반드시 산문적 장르로만 표현되는 건 아닙니다. 쉬운 예로 지금도 서사시가 종종 발표되고 있어요. 어떤 것은 비평가들조차 논란의 여지가 없지 않아요. 예전에 신동엽 시인의 「금강」이 서사시냐 아니냐 하고 잠깐 논쟁이 있었는데, 제 생각에는 그런 논쟁이 필요한 작품이었어요. 왜냐하면 「금강」은 초반부에 이야기 얽음새를 만들기 위한 인물이 있다가(즉 서사시를 지향했다가) 시적 감흥이 깊어지면서 그런 서사적 얼개가 희미해지고 이내 서정적 장시의 틀을 띄게 됩니다. 신경림의 「새재」는 처음부터 장시의 형식을 띄고 있어요. 한 편의 문학적 감흥이 서사에서 발생된 것이냐 서정에서 발생된 것이냐는 충분히 생각할 거리가 됩니다. 그것을 원작으로 삼아서 극화시키려 할 때는 특히 중요한 문제가 되죠. 그래서 앞의 시들도 서사 중심이 아니라 서정 중심이라고 생각한 사람들이 '장시'라는 표현을 썼을 거예요. 그렇다면 여기에서 주목할 것이 서사적 장르가 반드시 산문만을 지칭하는 게 아니라는 겁니다. 역으로 산문에도 서정적 장르가 있어요. 대표적으로 꼽고 싶은 것이 한때 프랑스 문학을 풍미했던 예술 산문들이에요. 예를 들어볼까요? 장 그르니에의 「섬」을 읽어보셨어요? 서정적 산문에 대한 느낌이 오지요? 마찬가지로 영화도 흔히 생각하듯이 서사 장르만 있는 게 아니라 다큐멘터리 방식, 또 서정적 방식이 있습니다. 이란 감독이 만든 〈가베〉(Gabbeh, 1996)라는 영화가 그런 경우에요.

이쯤 되면 장르 문제가 의외로 좀 복잡하죠? 그렇더라도 시를 쓰는 분들을 위해 꼭 짚고 가야 할 사안이 있습니다. 소설 내부의 소(小) 장르들도 복잡하긴 하지만 대부분 내막을 짐작하고 있으니 걱정이 덜 돼요. 더욱 중요한 것은 서정시가 다시 몇 개의 군소 장르로 나뉘는 대목입니다. 크게 세 가지 소 장르를 살펴볼 필요가 있어요. 하나는 만가 형식, 다른 하나는 이야기 형식, 그리고 남은 하나는 진술형의 시예요. 예를 들어 볼게요. 다음 세 편의 시를 나란히 비교해 보세요.

(가) 붉은 해는 서산마루에 걸리었다

사슴의 무리도 슬피 운다

떨어져 나가 앉은 산 위에서

나는 그대의 이름을 부르노라

설움에 겹도록 부르노라

설움에 겹도록 부르노라

부르는 소리는 비껴가지만

하늘과 땅 사이가 너무 넓구나

—김소월「초혼」

(나) 그가 아홉 살 되던 해

사냥개 꿩을 쫓아다니는 겨울

이 집에 살던 일곱 식솔이

어디론지 사라지고 이튿날 아침

북쪽을 향한 발자국만 눈 위에 떨고 있었다.

더러는 오랑캐령 쪽으로 갔으리라고

더러는 아라사로 갔으리라고

이웃 늙은이들은

모두 무서운 곳을 짚었다.

—이용악「낡은 집」

(다) 우리들의 적은 늠름하지 않다

　우리들의 적은 카크 다글라스나 리챠드 위드마크 모양으로 사나웁
지도 않다

　그들은 조금도 사나운 악한이 아니다

　그들은 선량하기까지도 하다

　그들은 민주주의자를 가장하고

　자기들이 양민이라고도 하고

　자기들이 선량이라고도 하고

　자기들이 회사원이라고도 하고

　전차를 타고 자동차를 타고

　요리집엘 들어가고

　술을 마시고 웃고 잡담하고

　동정하고 진지한 얼굴을 하고

　바쁘다고 서두르면서 일도 하고

　원고도 쓰고 치부도 하고

　시골에도 있고 해변가에도 있고

　서울에도 있고 산보도 하고

　영화관에도 가고

　애교도 있다

　그들은 말하자면 우리들의 곁에 있다

—김수영 「하······ 그림자가 없다」

세 편의 시가 모두 서정에서 발동되지만 (가)는 노래를 (나)는 이야기를 (다)는 논술을 기본 형식으로 깔고 있지요? (가)를 노래풍이라 하지 않고 만가풍이라고 부르는 이유는 이런 형식의 장르가 모두 슬픈 가락을 기저로 삼기 때문입니다. 서양에 엘레지가 있듯이 한국의 시들도 1970년대까지 만가풍이 주류를 이루었어요. 그리고 1980년대에 들어서 리얼리즘 시가 많아지면서 이야기풍의 시가 대거 진출합니다. 신경림의 시는 이 분야에 아주 빼어난 업적을 남겼어요. 대부분의 시들이 아주 편안한 이야기를 읽듯이 전달되었던 거죠. 그러다가 1990년대를 넘으면서 논술하듯 펼치는 시들이 등장하기 시작하는데, 예전에 김수영의 시들이 취했던 형식과 상당히 비슷합니다. 제가 지금 '비슷하다'고 표현하는 이유는 한 편의 시 형식이 뒤로 갈수록 훨씬 복잡하고 다양한 양상을 띠기 때문입니다. 그것을 섬세하게 읽지 않으면 최근에 등장한 젊은 시인들의 형식적 개성을 놓칠 수가 있기 때문이에요. 가령, 「나는 이 세상에 없는 계절이다」는 김경주의 시인데, 진술형이면서 노래 요소를 많이 담고 있어요. 익살스럽게 '21세기의 신파'라고 평하는 사람도 있습니다. 그만큼 김경주의 시는 노래이면서도 만가의 성격에 의존하지는 않지요. 그런가하면 신용목의 시는 노래보다 진술에 의존하면서도 굉장히 절제된 여백을 두어서 당대적 감각과 전통적 함축을 함께 얻어냅니다. 「바람의 백만 번째 어금니」는 젊은 시인으로서는 아주 보기 드물게 여백의 발언력을 보여주고 있어요.

　여기에서 배워야 할 것이 이들이 다 장르에 대해 열린 태도를 견지하고 있다는 점이에요. 장르의 틀을 고정불변한 것으로 신봉하지 않는다는 것, 이건 꽤 중요한 태도라고 봅니다. 습작기에는 자신의 기호에 따라 장르에 대한 편견이 많아서 어느 하나의 양식에 매료되면 결코 그 밖으로 벗어나지 않으려는 고집을 갖게 돼요. 마치 저수지의 물고기들처럼 수문이 세 개이건 네 개이건 가리지 않고 어느 하나의 수문 앞에서 자라게 되면 저수지 전체를 모르는 채 오직 그 수문 앞에서만 살게 되는 모양과도 같아요. 여기에서 좀 더 크고 생명의 범위가 넓은 물고기는 저수지 전체를 자기 세계로 생각하고 헤엄치겠죠? 세계를 크게 사용하는 사람과 작게 사용하는 사람의 차이가 상당히 크다는 걸 강조하고 싶어요. 그래서 서정주나 김소월의 형식에만 집착하거나 김수영의 시가 좋다고 해서 오직 진술형의 시만 읽지 말고 다양한 독서를, 그것도 되도록 음독하면서 읽기를 부탁드리고 싶어요.

  마지막으로 장르 학습에서 가장 중요하다고 생각하는 문제를 하나 던지고 싶습니다. 혹시 '전범(典範)'이라는 낱말을 모르지 않지요? 전에 개인기가 뛰어난 어떤 축구선수에게 어떻게 해서 그런 기량을 갖게 되었느냐 하고 물으니 자기는 경기장에 들어서면 늘 마라도나 흉내를 냈다고 말해요. 박주영은 앙리를, 기성용은 제라드를, 또 손흥민은 호나우두를 모델로 삼고 있다고 고백합니다. 다들 전범이 있다는 얘기를 하고 있어요. 자기가 배우고자 하는 모범이자 극복해야 할 대상으로 설정하고 있는 그 무엇, 작가들에게도 바로 이런 전범이 있어요. 저는 전범의 문제가 문학수업에서 아주 중요하다고 봐요. 모든 작가는 자기의 전범을 잘 개척하고 습득하여 능가하려는 노력을 게을리 하지 않습니다. 지붕 위에 오르는 사람이 사다리를 구하는 것과 같다 할까요. 전범의 사다리를 타지 않으면 더 높은 곳으로 올라갈 수 없어요. 그런데 유의할 것은 이 전범이라는 것이 일정한 문화 전통 속에서 형성된다는 점이에요. 어느 날 갑자기 아무렇게나 주어지는 것이 아니라 오랜 교감을 통해, 각자의 개성과 취향에 따라 작가들은 전혀 다른 전범들을 갖게 되는데, 가만히 보면, 옛날에는 김소월을 좋아했는데 요즘 신춘문예를 준비하는 사람들은 그렇게 장르 전통이 취약했던 시대의 시인들을 좋아하지 않습니다. 전범으로서의 가치가 상당히 탈색된 거죠. 김소월 이후 수없이 많은 매력적인 목소리들이 나와서 덧쌓이게 되면 그 원전이라 할 판본 하나가 흑백사진처럼 초라해져서 더 이상 모델의 기능을 하지 못하게 돼요. 사실, 김소월은 전범이 아주 취약했던 시대의 사람이라 후배 연구가들이 놀라워하기도 했어요. 그는 무엇을 전범으로 해서 그런 시 형식을 확보했을까? 이런 의문은 초창기 시인들에게 공통되게 주어지는 것인데, 대개 김소월은 민요에서, 한용운은 불교 경전에 의존해서 전범의 취약성과 빈곤함을 극복했다고 봅니다. 성경의 시편이 윤동주의 시적 전범이었다고 보는 사람도 있죠. 그런 의미에서 문학사는 전범의 연속이기도 해요. 저희 1980년대 세대들도 선행 세대의 전범들과 일정하게 차단되어 있었구나, 하는 것을 1987년 6월항쟁 이후에야 깨달았어요. 이용악, 백석 등 훌륭한 시인들이 분단과 관련해서 금서로 묶여 있었기 때문이었죠. 그 시절에는 김지하에게 이용악이 영향을 미친 사실도, 신경림 앞에 백석의 시가 있었다는 사실도 몰랐으니까요. 그래서 문학사는 전범의 연쇄로, 문학 창작의 생태계들도 전범의 연쇄 고리들로 계속 연결 되어 있다고 생각할 필요가 있어요. 분단이 전범을, 우리 재산의 절반에 속하는 역사의 축적을 딱 가로막고 이데올로기로 칸막이 시켜서 커다란 피해를 입은 세대가 발생한 거죠. 그때 꽤 비판적인 젊은이로서 저는 시조를 오직 현실 대응력이 떨어진다는 사실 하나로 무시하고 있었는데, 금서들이 풀려나면서 조운의 시조들을 확인하는 순간 얼마나 개탄했는지 몰라요. 시조에도 굉장히 훌륭한 전범이 있다는 것을 그때에야 알았으니까요. 한 편 읽어드릴까요?

> 투박한 나의 얼굴
> 두툴한 나의 입술
>
> 알알이 붉은 뜻을
> 내가 어이 이르리까
>
> 보소라 임아 보소라
> 빠개 젖힌
> 이 가슴

—「석류」 전문

좌파들은 시조도 이렇게 불순하게 쓴다고 싫어했던 사람들도 많았습니다.

전범 문제와 관련하여 한 가지 이야기를 더 해야겠어요. 우리나라에서 노벨문학상 후보로 자주 보도되는 시인이 고은입니다. 그간 고은 시인의 업적이 무엇보다도 우선 양적으로 동세대 모두를 압도할 만큼 방대하니까 미학적 정황 파악을 못하는 사람이 많아요. 우선 양이 많다 보니 옥석을 구별하기가 어렵잖아요. 하지만 문학적 생명력의 측면에서 전범과의 경쟁을 고은 시인처럼 치열하게 지불한 시인은 없다고 봐요. 분단 시대 한국 시의 기본형을 두 개만 들라고 하면 대부분 하나는 서정주, 하나는 김수영으로 들 거예요. 그 둘은 너무 달라서 어느 한 쪽을 좋아하면 반드시 다른 쪽을 안 좋아하게 되어있어요. 이렇게 굉장히 다른 두 전범 사이에서 양쪽으로부터 동시에 사랑받은 시인이 유일하게 고은이었어요. 서정주의 제자로서, 또 김수영의 총애를 받는 후배로서 고은은 주목 받았으나, 그런 신예시절을 통과하면서 정작 본인은 서정주나 김수영을 높이 사되 동시에 두 길을 다 외면했어요. 서정주의 시에는 자연스러운 가락을 타고 한반도의 일상에서 신화를 찾아내는 훌륭함이 있지만 근대적 자아가 담겨 있지 않다고 봤어요. 그래서 현대적 삶이 잉태하는 갈등도, 근대적 자아와 성찰적 사유도 담겨 있지 않다고 늘 불만이었죠. 어쩌면 시인으로서 비극 인식에 무능하고, 정치적 백치미를 노출했다고 생각했을 거예요. 반면에 김수영은 끝없이 현실과 대결하고, 성찰적 자아가 철저하게 작동된 언어를 사용한 점을 높이 샀죠. 사실

분단과 전쟁 체험을 통해 형성된 적대감이 생성시킨 언어, 비극 인식이 출연하고 분단의 감정이 새겨지는 언어, 예를 들어 동무라고 하면 사회주의적 인식이 생겨나는 것과 같은, 분단에 의한 '언어의 살해'나 '언어의 자살' 현상 등을 겪은, 이 근대사회의 질곡이 시적 언어로 아로새겨진 것은 김수영의 시에 이르러서입니다. 그런데 고은은 김수영도 온전한 전범으로 삼지 않고 반면교사로 삼으려고 자꾸 폄하했어요. 김수영에게는 파란과 신명, 광기의 언어가 담겨있지 않잖아요. 그래, 한국의 시는 고은의 「문의 마을에서」「부활」 같은 곳에 이르러서야 비로소 '애매모호함으로 가득 찬 직관과 영감의 영토'를 확보하게 되는 셈입니다. 그런 의미에서 최근에 출현한 젊은 시인들의 작품을 장르적 계보로 따지면 고은의 적자라 할 수 있어요. 애매모호함에 가득 찬, 피아니스트가 건반을 다루듯이 언어를 다루는, 혼돈의 미광이 가득 찬 직관과 영감의 세계, 그것이 인간의 삶 속에서 작동하는 생명 작용을 그려낸 언어로서의 시는 고은부터 시작되었으니까요. 예로 한 구절 읽어볼까요?

　겨울 문의에 가서 보았다.
　거기까지 다다른 길이
　몇 갈래의 길과 가까스로 만나는 것을.
　죽음은 어느 죽음만큼
　이 세상의 길이 아득하기를 바란다.
　마른 소리로 한 번씩 귀를 달고

길들은 저마다 추운 소백산맥 쪽으로 뻗어 간다.

그러나 굽이굽이 삶은 길을 에돌아

잠든 마을에 재를 날리고

문득 팔짱 끼고 서서 건디노라면

먼산이 너무 가깝다.

눈이여 죽음을 덮고 또 무엇을 덮겠느냐.

— 고은 「문의마을에 가서」 1연

　고은이 서정주, 김수영과 맺었던 관계, 즉 받아들여야 할 모범이자 극복해야 할 대상으로서 전범을 뛰어넘는 풍경은 장르수업에서 매우 눈여겨 봐야할 부분에 속한다고 말하고 싶어요.

4장

창작방법에 눈 뜰 때

굽혀 뛰기를 할 때와 젖혀 뛰기를 할 때

'문학예술의 역사적 변화와 그 조류'를 네 글자로 줄이면 어떻게 될까요? '문예사조'라 하는 순간 흥미가 뚝 떨어지지요? 따분한 주제인 건 사실입니다. 제길, 시간도 없는데 화제를 바꿀까요? 좋습니다. 창작방법에 대한 이야기로 돌려볼게요.

예전에 어떤 강좌에서 창작방법에 대한 강의를 한 적이 있는데, 문학적 성취가 아주 높은 분들이 제 앞에서 강의를 하셨어요. 그런데 '문학에 무슨 방법이 있어? 국화빵을 찍는 것도 아니고……' 하더라는 거예요. 많은 분들이 '창작방법? 그런 건 없다!' 하고 말합니다. 무슨 뜻인지는 알겠어요. 그런데 도서관에 가서 '창작방법'에 관한 항목을 한번 찾아보세요. 1980년대에는 창작방법 문제를 둘러싼 논쟁이 아주 뜨거웠습니다. 혁명기의 러시아 문학에서도, 1920년대의 일본에서도, 1930년대의 한국에서도, 또 그 후로도 오랫동안 쉬지 않고 문단의 한복판을 차지했던 쟁점이 이 문제였어요. 작가들의 창작 과정, 나아가 창작의 역사를 보면 하나의 작가, 하나의 시대는 모두 어떤 방법인가에 의존해 있다는 걸 알 수 있어요. 여러분이 문예지에 투고할 때도 가장 중요하게 고려할 사항이 이 문제가 될 게 틀림없습니다.

왜 그럴까요? 흔히 머리가 안 좋은 사람을 '닭대가리'라고 합니다. 표현이 거슬리지요? 북한에서는 인격체에게만 '머리'라 하고 동물의 것은 모두 '대가리'라 한답니다. 닭은 억울할지 모르지만 닭대가리의 지능이 낮은 것은 사실이에요. 이유가 뭘까요? 저는 그것을 불치의 근면성에다 두고 싶습니다. 닭은 아침에 눈을 뜨면 가장 먼저 모이를 찾아요. 그래서 발견하자마자 코끝을 맞춥니다. 그리고 콕 찍어요. 콕 찍고 나면 바로 다음 모이를 찾아서 뛰고, 또 부리를 일치시켜서 콕 찍지요. 아침에 눈을 떠서 저녁에 해가 질 때까지, 배가 터지도록 열심히 뛰어다닙니다. 신동엽 시인은 1960년대의 명문이라 할 『시인정신론』에서 '닭의 세계관은 부리와 모이의 크기를 반지름으로 한 원의 크기'라고 지적한 바 있습니다. 개가 쫓으면 지붕 위로 달아나면 될 터이니 높이 날 필요도 없겠지요. 이러니 어디 날개가 퇴화되지 않고 배기겠어요? 한 치의 회의, 한 치의 망설임, 한 치의 자기 성찰도 없이 오직 열심히 일만 했던 결과가 '닭대가리'를 만들어요. 이 얼마나 비(非)문학적인 생명체입니까? 혹시 열심히 쓰는 것만이 최고라고 해서 계속 쓰기만 하는 작가에게도 그런 불행이 오지는 않을까요? 바로 이 대목에서 생각하게 되는 문제가 '방법'이라 하는 도구입니다.

생각해보니, 제가 '방법'을 처음 발견한 게 그때였나 봐요. 중학생

말미에 고교입시 체력장 준비를 할 때입니다. 원래 신체적 조건이라는 게 천부적인 것에 속하지요? 달리기가 학습을 한다고 되고 안 한다고 못 되는 게 아니잖아요. 그런데 매달리기, 멀리뛰기…… 이런 건 연습을 하는 경우와 하지 않은 경우가 상당히 다릅니다. 그래, 선생님이 요령을 가르치지 않을 수 없어요. 멀리뛰기는 일정한 거리에서 관성을 만들어 발판을 힘껏 딛고 차올라야 좀 더 먼 모래밭에 떨어집니다. 그래서 기운을 높일 수 있는 만큼의 거리를 두고 모래밭을 향해 힘껏 내달리다가 발판을 차고 오르는 동작까지는 언제나 같아요. 문제는 비상(飛上)한 후의 몸짓을 어떻게 하느냐에 따라 낙착점이 크게 달라진다는 거예요. 1학년 때 선생님은 허공에 떠서는 '배꼽을 최대한도로 집어넣어라' 했어요. 2학년 때 바뀌었다고 하더니 3학년이 되자 정반대로 가르쳐. '배꼽을 최대한도로 내밀어라.' 예컨대 굽혀 뛰기에서 젖혀 뛰기로 바뀐 거예요. 그 결과는 쉽게 상상할 수 있지요?

사실, 어떤 일이나 서툰 사람은 요령의 차이를 별로 못 느끼기 마련이에요. 왜냐? 방법을 사용할 줄 모르니까요. 그런데 선수가 되면 새로운 방법이 나올 때마다 낡은 방법으로는 당해낼 재간이 없어요. 그 때문에 체조, 축구, 달리기 같은 종목들에도 연구 영역이라는 게 생기잖아요. 이런 현상은 신체활동뿐 아니라 정신활동, 즉 사유나 인식의 영역에서도 일어납니다. 예를 들어볼까요? 마르크스주의라 하면 '변증법적 유물론'이 먼저 떠오르죠. '유물론'이란 존재가 의식을 규정한다. 즉 몸이 마음을 이끈다, 물체가 뜻을 만든다, 하는 세계관을 가리키는 낱말이고, 변증법이란 그런 세계를 인식하는 사유의 방법을 지칭하는 낱말입니다. 말이 어렵죠? 사실은 쉬워요.

지상에는 똑같은 게 없는데, 무슨 인식의 방법이 따로 있겠느냐 하고 생각할 수 있어요. 그런데 그렇지 않습니다. 가령, 세상의 모든 것은 운동(변화)한다는 공통점을 가지고 있어요. 우리의 모든 것인 지구라는 별이 태어나고 자라고 늙는 운명을 갖고 있잖아요. 여기에 있는 책상이나 저 바깥에 있는 전봇대도 늘 운동(변화)하고 있습니다. 아마 1000년만 흘러도 모양이 변해 있을 걸요. 그럼 999년 동안 아무렇지 않다가 어느 한 순간에 둔갑을 할까요? 매 순간 조금씩 분해되거나 으스러지고 있을 텐데 인간의 눈에는 그것이 보이지 않겠지요. 마치 시속 120킬로로 달리는 승용차에서 바라보면 시속 20킬로로 달리는 자전거가 앞으로 나아가는 모습으로 보이지 않는 것처럼. 변증법에서는 또 모든 사물이나 현상이 관련되어 있다고 봐요. 나비의 날갯짓 하나가 파장을 일으켜서 태풍이 되는 것처럼. 그렇다면 이것과 저것은 어떻게 연관되어 있는지를 밝히는 게 중요하겠죠. 그리하여 모든 사물이나 현상은 '대립물의 통일'을 이루고 있는데 그걸 '모순'이라 한다! 마치 생명체는 저마다 자식이면서 어버이이듯이, 삶은 저마다 하루하루를 살아가는 것이면서 또 하루하루 죽어가는 것이듯이, 세상의 모든 것이 긍정 면이 있으면 부정 면도 있을 수밖에 없는데, 이런 '대립물의 통일체'들은 그 내부에서 양적인 변화가 일어나면 머지않아 질적으로 변모하게 되어요. 즉, 액체에 열을 가하면 점점 뜨거워져서 나중에는 기체가 되는 것처럼 말이에요. 세상 만물이 이렇다는 것을 안다면 어떤 물체나 현상을 이해할 때도 그것의 생성, 발전, 소멸의 경로를 제대로 파악해야 하는 게 옳다는 생각을 변증법이라 한다는 겁니다. 꽤 복잡한 이론을 너무 마구잡이 식으로 설명했지요? 하여튼, 철학에도 방법이 있듯이 문학에게도 방법이 있다, 그것은 시대에 따라 변화한다, 이게 바로 문예사조를 포착하는 지점이요 창작방법의 문제를 언급하는 자리입니다.

앞에서 문예사조 이야기가 너무 고리타분하다 하여 화제를 창작 방법 이야기로 전환했는데 어느 순간 두 가지가 결국은 똑같다는 주장을 하고 말았네요. 그렇습니다. 원래는 같은 것이 아니었는데, 역사의 어느 단계에서 똑같은 게 되고 말았어요. 속인 걸 용서하세요. 우리가 평소에 그 문제에 늘 속고 있어요. 문예지를 대하면서《현대문학》을 좋아하는 사람,《창작과비평》을 좋아하는 사람,《문학과사회》를 좋아하는 사람,《문학동네》를 좋아하는 사람이 모두 이 문제에 대한 선호도가 다르다는 것을 의식하지 못하지만, 그럼에도 불구하고 어쩔 수 없이 그런 현상은 바로 이 문제에서 발생되고 있음이 사실이에요.

제 설명이 복잡해지는 것은 방법의 연원이 조금 길기 때문입니다. 인류의 예술이 그동안 변해온 과정을 보면 원시시대에는 방법이랄까 아니면 유행 사조랄까 하는 조류가 어떻게 형성되었는지 알기 어렵습니다. 예를 들어서 고대 벽화에 그려진 그림이나 암각화에 새겨진 형상들은 아직 맥락을 찾아내기도 어렵고 일관된 방법이 있었는지도 해명되지 않고 있어요. 인간이 좀 집요하기 때문에 학자들이 어떻게든 거기에 숨어 있는 질서를 밝혀낼 거예요. 미학의 역사가 제법 자신 있게 해명하는 영역은 '근대'의 전후입니다. 가령, 시각적으로 앞에 있는 것은 커 보이고 뒤에 있는 것은 작아 보인다는 관념을 원근법이라고 하는데, 이게 사회적으로 제도화된 게 근대에 이르러서입니다. 가라타니 고진은 『일본 근대문학의 기원』에서 원근법도 하나의 인습이 제도화된 결과라는 사실을 아주 실감나게 설명하고 있어요. 근대인은 누구나 가까이에 있는 것은 커 보이고 멀리 있는 것은 작아 보인다고 생각하지만 고구려 벽화에는 가까이 있는 게 작아 보이고 멀리 있는 게 커 보이도록 그려져 있어요. 근대 원근법 이후의 사람들은 세계를 원근법에 위배되게 그리면 뭔가 서툴고 합리성이 부족해서 객관 사실에 부합하지 않는, 고로 음영의 깊이가 없는 미천한 그림 같이 느낍니다. 그래서 저항적 충동이 일어나는데, 그런 상식체계를 전복시킨 피카소의 그림은 어떻게 봐야 할까요?

사실, 근대의 미학적 제도에 훈련된 교양인들에게도 원시시대의 형식이 더 설득력 있어 보이는 경우가 없지 않습니다. TV에서 탁구 중계를 볼 때 그런 현상(원근법과 정반대되는 현상)을 못 느꼈는지요? 이게 탁구대라고 해요. 가운데에 네트가 있고 양쪽에 선수가 있는데, 카메라가 이를 왼쪽 선수 뒤에서 포착해서 앵글을 길게 잡을 때 오른쪽 탁구대가 더 커 보여요. 원근법에 의하면 먼 쪽이 좁아보여야 하는데 정반대 현상이 일어나는 겁니다. 석굴암의 매혹도 역원근법에 있다고 해요. 그러고 보면 원근법이란 다분히 생명체의 감수성 중심이 아니라 과학적, 혹은 물질 중심적, 또는 렌즈 중심적 편향성에 의해서 생겨난 일종의 착시 현상이라고 볼 수 있어요. 중요한 것은 세계의 사물을 그렇게 보도록 인간이 훈련되어 있다는 것이지 객관 세계가 그렇게 존재하는 건 아니라는 점입니다. 그래서 풍경을 그릴 때 근대처럼 원근법에 의탁할 수도 있고, 고대처럼 역원근법에 의탁할 수도 있으며, 지금처럼 제3의 방법에 의탁할 수도 있어요. 크게 보면 인류가 굉장히 긴 시간을 주기로 하여 감동을 표현하는 방식을 바꾸면서 어떤 조류를 형성하거나 변화시켜 왔어요. 그 때문에 문예사조라는 말이 생겨난 겁니다.

사조에서 방법으로

중간 정리를 한 번 할까요? 옛날에는 예술가 개인의 의지와 상관없이 시대의 유행 사조가 형성되었어요. 말하자면 이슬람 국가나 기독교 국가에서 태어나는 아이들이 처음부터 다른 종교를 상상할 수 없는 세계에 던져지는 것 같이 예술의 사조도 시대적 분위기에 따라 운명처럼 주어졌습니다. 그런데 근대 이후에는 달라지기 시작합니다. 세계를 대하는 인간의 태도가 크게 달라지거든요. '나는 생각한다. 고로 존재한다.' 이건 자아를 어떤 피동태로 생각하는 존재가 하는 말이 아니잖아요. 근대적 인간은 환경을 운명으로 받아들이는 게 아니라 변경 가능한 대상으로 여깁니다. 산이 마음에 안 들면 한 쪽을 깎든지 손질을 해서 휴양지를 만들기도 해요. 세계를 신의 것으로 생각하면 신의 뜻을 따르려고 할 텐데 도대체 그렇게 여기지 않으니, 주체는 대상에게 머리를 숙이고 적응해 가는 존재가 아니라 거꾸로 그것을 변형시키고 고쳐서 끝없이 변화를 만들어 냅니다. 지상의 물질적 요소만 그러는 게 아니라 정신적 요소도 마찬가지예요.

그래서 사조도 자연발생적으로 형성되는 게 아니라 자기의 가치관, 자기의 예술적 미학적 개성으로 마구 선택하는 태도를 갖게 됩니다. '나는 이런 방식으로 쓸 거야.' '아니야, 나는 그런 방식 싫어.' 원근법이 지배하고 있을 때라도 그것을 거부해서 역원근법을 사용하기도 합니다. 그래서 근대 이후에 문예사조가 그냥 방법의 하나로 전환되는 겁니다. 한 마디로, 사조는 근대라는 기차를 타고 방법으로 이동한 거지요. '난 고전주의적인 방식으로 써볼 거야.' '아니야, 나는 낭만주의적으로 쓸 거야.' '이번 작품은 철저하게 리얼리즘으로 써봐야지.' '아니야, 난 모더니즘이 좋아.' 그래서 말뜻으로만 보면 문예사조와 창작방법이 크게 다르게 사용되어야 하지만 결국에는 피장파장이 된 겁니다.

이 창작방법의 문제가 중요해진 것은 근대인들이 작가와 작품 사이에 모순이 있다는 걸 발견하면서입니다. 그런 논란의 첫 대상에 오른 사람이 발자크예요. 발자크는 정치적으로 굉장히 보수적인 태도를 가지고 있었는데, 그의 소설은 진보적이었습니다. 현실 옹호론자가 현실을 야유하는 글을 썼어요. 그래서 '발자크의 정치적 보수성과 미학적 진보성'을 어떻게 봐야 할 것인지를 가지고 논란이 일게 됩니다. 엥겔스가 이를 '방법의 승리'로 해석하면서 촉발된 논쟁이 루카치가 사용했던 유명한 논제 즉 '문제는 리얼리즘이다'였어요. 하여튼, 여기에서 중요한 것은 세계관과 방법이 동일하지 않다는 것, 작가의 똑똑함과 작품의 그럴싸함이 일치되지 않는다는 거예요.

이 문제는 근대문학의 여명기를 뜨겁게 달구었습니다. 가령, 러시아 혁명기의 지식인 사회에서 레닌의 인식수준을 넘어서는 사람은 거의 없었어요. 레닌의 해석에 따라서 당대 작가들의 의견도 크게 달라졌지요. 대표적으로 레닌을 절대 명제처럼 생각하던 막심 고리키는 자신의 창작 방향에까지 영향을 받았습니다. 그렇다면 레닌의 통찰력, 레닌의 세계 인식에 따라 창작의 태도가 달라졌던 고리키, 이 두 사람이 백일장에 나가면 누가 장원을 할까요? 만인이 인정할 수밖에 없듯이 레닌보다 고리키가 더 좋은 소설을 썼을 겁니다. 여기에는 단순한 글재주의 문제를 초월한 무엇인가가 있어요. 당시에 상당히 심오한 철학자도 명쾌하게 설명하지 못하는 지도자관의 문제를 고리키는「레닌」이라는 단편소설에서 탁월하게 그려냅니다. 바로 이 같은 현상 때문에 당대 작가들 속에서 세계관과 창작방법의 관계가 제기되고 논쟁이 출현하는 거예요. 세계관이 진보적이라고 해서 반드시 좋은 작품을 쓸 수 있는 것은 아니다, 좋은 작품을 쓰고 현실을 옳게 반영하려면 현실을 옳게 반영할 수 있는 창작방법을 습득해야 된다, 이런 논의 말이에요.

글을 쓰는 사람에게 세계관의 문제가 제기되는 이유가 세계를 읽을 줄 모르면 세계를 노래할 수도 없기 때문이에요. 저게 기쁨의 풍경인지 슬픔의 풍경인지 알 수 없다면 말초적이고 단순명료한 사실이 아니면 이야기할 수 없겠지요? 복잡다단한 사회현실을 어린아이가 보는 눈과 어른이 보는 바가 다르듯이 문제를 인식하는 자의 수준에 따라서 세계의 풍경은 천변만화하게 되어 있어요. 일제가 쳐들어오고 세계사가 요동을 치던 때의 우리 문학도 그랬어요. 우리 민족은 무기력하게 자아 해체의 과정을 겪으면서 식민지 치하로 휩쓸려 들어가고 있었으니, 당대 지식인들에게 세계관의 한계를 극복하는 일이 무엇보다 중요한 과제가 되었어요. 그래서 많은 작가들이 세계에 대한 통찰력을 얻으려고 공부를 하게 되죠. 요즘도 더러 '인문학적 소양의 결여'로 글이 안 된다고 생각하는 문청(文靑)들이 인문사회과학서적을 몽땅 싸들고 공부하러 들어가는 경우가 있습니다. 그렇게 해서 인식 수준을 높여 놓고 나면 작품 수준도 같이 높아져야 되는데 반드시 그렇지가 않아요. 일제 강점기 때 카프 운동이 실패한 이유도 세계관의 한계를 극복하는 일에 매진하다 보니 다들 평론만 잘하게 되고 말았다는 데 있어요. 시나 소설이 좋아서 공부를 시작했는데 어느 순간 시, 소설이 아니라 평론만 알게 되는 것. 그래서 박영희의 엉터리 같은 고백이 일면 진실을 증언하는 명제가 되었어요. '얻은 것은 이데올로기요, 잃은 것은 예술이다.' 어떤 정치적인 경향성을 과잉 습득하여 말은 똑똑하게 잘하는데 실제 예술은 잃어버리게 되었다는 역설적 진실은 그 후로도 역사의 지평 위에 종종 출현하고 있습니다.

어떤 때는 세상이 창작방법의 문제가 제기되는 때를 묵살하고 가기도 합니다. 1990년대 중반 같아요. 일본문단이 침체기에 빠져 있다가 무라카미 하루키가 등장하면서 한창 속도감 있는 문체에 사로잡혀 갈 때, 대학생 작가였죠, 「일식」이라는 작품이 아쿠다카와 상을 받아요. 고어체로 쓴 소설이었습니다. 우리나라 신문들이 일본의 이문열 같다고 얘길 하는데 아무리 생각해도 비유가 잘못 되었어요.

그 작가는 자기 작품을 스쳐 지나가듯이 빠른 속도로 읽는 당대문명의 자기도취적 유행에 저항한 겁니다. 고어투로 써서 빨리 읽지 못하게 하겠다는 것이었지요. 문예사조로 보자면 옛날에 흘러가고 사라져 버린 것을 지금의 창작 태도로 선택한 겁니다. 창작방법에 대한 작가들의 태도가 얼마나 적극적일 수 있는지를 보여주는 한 예라 할 수 있겠죠.

그러면 이제 인류가 사용한 대표적인 창작방법의 윤곽을 잡아볼까 합니다.

신대륙 발견

인류 예술의 여명기에 사용된 창작방법은 어떤 것이었을까요? '방법' 이전의 어느 단계에 머물러 있던 세월이 꽤 길었을 거예요. 크게 보면 예술사뿐 아니라 개인의 생애도 일정한 역사 과정을 겪으면서 펼쳐집니다. 누구나 어머니한테서 나올 때는 원시인들처럼 발가벗고 있죠. 조금 크면 미숙한 시대의 사고방식 같은 세계 인식을 가집니다. 점점 자라면서 봉건제적인 사고방식, 자본주의적 사고방식, 더 성장하면 더 성숙된 어떤 사고방식을 갖게 되죠. 이렇듯 세계를 인식하는 높이가 달라지듯이 예술적 표현, 예술적 장치도 변화하게 되어 있습니다.

창작방법과 관련된 저의 경험을 말씀드리자면, 어렸을 때 보았던 동네 사진관 이야기를 하지 않을 수 없어요. 고향 전체를 통틀어서 사진관이 하나였기 때문에 저는 그것을 굉장히 중요한 기관으로 생각했어요. 초등학교에 입학해서는 사진관 아저씨가 학교 안을 분주하게 왔다 갔다 해서 선생님인 줄 알았습니다. 지금 생각해보면 그

분 역시 아주 중요한 선생님이었음이 분명해요. 그 분이 가지고 있는 사진기가 제가 처음 상대한 근대 기계였다고 해도 될 것입니다. 그 앞에 최초로 섰던 기억은 아직도 생생해요. 백일 사진이나 돌 사진을 보지 못했으니까, 제가 의식하고 있는 최초의 기억은 사진관 아들이 저를 찍어줄 때예요. 그 친구는 저보다 한 살 어린데 저를 꽤 좋아했던지, '형, 내가 사진 찍어줄게.' 해서 그곳에 들어갔습니다. 그 깜깜한 곳에서 더듬더듬 발판을 밟으면 조명이 켜지죠. 환한 빛 안에 서 있으면 셔터를 누르는데, 그 친구가 아버지 흉내를 내어 하나 둘 셋, 하고 빛을 번쩍 터뜨리는 거예요. 마치 시골 소녀가 도시의 악동을 만나 기습적으로 입술을 빼앗기듯이 저는 꼼짝없이 피사체로서의 순결을 잃었어요. 얼굴이 얼마나 빨개졌는지 모릅니다. 그게 어떻게 나왔을까요?

기계는 거짓말을 하지 않는다고 합니다. 그 친구가 아버지를 고스란히 따라서 했으니 아버지가 찍는 것과 똑같은 사진이 나왔을 거예요. 그런데 사진을 확인해 보니 제 모습이 크게 이등분되어 있었어요. 빛을 받은 쪽은 흰색, 받지 않은 쪽은 검정색, 그나마 윤곽이 지워진 것은 아니었는데, 정말 마음에 안 들게 생겨먹은 게 코가 들창같이 들려서 구멍이 고씨동굴처럼 흉측하게 뚫리고 말았어요. 주변조차 곰보 자국이 났으니 괴물이 따로 없었습니다. 나를 왜 이렇게 골탕을 먹이느냐, 어디를 향해 찍었기에 내 모습은 간 데 없고, 그 자리에 괴물이 놓여 있느냐. 기계 조작상의 오류는 없었습니다. 그러니까 친구는 사진기를 제대로 작동을 시켰고 저는 정당하게 그 앞에서 있었음에도 불구하고 인화지에는 엉터리가 돼서 나온 거예요. 이런 경우가 바로 자신의 창작방법이 없는 경우입니다.

　제가 이 사진을 꽤 클 때까지 버리지 않은 이유는 시골아이가 최초로 근대 기계의 피사체가 되었던 기념비이기 때문입니다. 나중에 보니, 그 친구와 아버지는 똑같은 방식으로 사진을 찍은 게 아닙니다. 친구는 사진기를 작동하는 법은 알지만 피사체를 다루는 법을 몰랐어요. 사진기의 앵글을 예술가의 눈이라고 한다면 피사체의 존재를 전혀 의식하지 못하는 예술가가 있는가 하면 피사체에 대한 어떤 태도가 형성되어 있어서 적극적으로 말을 거는 예술가도 있을 겁니다. 예술가에게 창작방법이 습득되어 있지 않을 때 객관 세계가 정직하게 포착되는 게 아니라 아무렇게나 반영되고 말아요. 제가 그림을 못 그려서 시원하게 증명해 드릴 수가 없지만, 옛날 암각화를 보면 남자와 여자가 관계를 갖는 장면이 나오는데 두 사람이 겹쳐 있는 장면을 한 눈으로 꿰어볼 수가 없으니 남자의 중요 부위가 기다랗게 빠져나와서 여자와 밧줄로 연결된 것처럼 보입니다. 원근법 이전의 한계일 거예요. 남자와 여자를 따로 그리기는 해야겠고, 두 사람이 관계를 갖고 있긴 하고……. 그래서 고추를 키보다 크게 늘여놓으니 객관 대상의 본질이 왜곡된 거 아닙니까? 이게 옛날 사람들만 그럴까요? 제가 학창시절에 어느 신문사에서 주최한 어린이 사생대회에서 본 건데 당선작이 '아빠, 안녕히 다녀오세요.'예요. 그림 속의 아빠는 가방을 들고 문 밖으로 나가는 중이고, 아이는 문지방에 앉아서 손을 흔들어요. 제법 실감나는 그림인데, 문제는 아빠가 집보다 두 배쯤 크다는 거예요. 저렇게 큰 사람이 어떻게 저렇게 작은 문을 열고 나왔을까, 의문이 남아요. 심사위원은 어린이의 자유분방한 상상력이라고 말하지만 그걸 훌륭한 상상력이 낳은 '환상적 리얼리즘'의 소산이라고 여길 사람은 없을 거예요. 아마도 미적 인식의 미숙함 때문에 생겨난 현상이겠지요. 객관 세계를 도대체 반영할 수 없는 미적 합리성의 결여, 이걸 저는 지금 '방법 이전'이라고 말하고 있어요.

이 같은 경험이 오랜 반복을 통해서 지혜를 찾아내기 시작해요. 창작방법을 발견하기 전, 그러니까 피사체에 대한 태도가 형성되기 이전의 작품들은 형상적으로 무질서합니다. 삶에 대한 표현이 어지럽다는 건 세계를 대하는 작가의 인식도 무질서하다는 걸 의미해요. 그것을 극복하기까지 예술의 역사는 숱한 시행착오와 피나는 노력을 이어왔을 거예요. 그리하여 마침내 사진관 아들도 아버지와 같은 방법을 얻게 돼요. 창작방법이라 하는 신대륙을 발견하는 거지요. 그게 어떤 내용을 가지는 걸까요?

제가 준비한 메모를 잠깐 읽어볼게요.

"문예 창작의 과정은 작가가 자기의 미학적 이상에 따라 인간과 그 삶을 묘사하는 과정이다. 작가가 생활 소재를 취사선택하고 평가하며 예술적으로 형상화하는 원칙, 그 전(全) 과정에서 의거하는 형상 창조의 틀을 창작방법이라 한다."

제가 사진사의 창작방법을 어설프게나마 눈치를 챘던 것은 초등
학교 2학년 봄 소풍 때였어요. 그때만 해도 농경사회의 사람들이라
아이들 소풍 갈 때 들러리로 따라가는 가족이 많았습니다. 학교 행
사가 동네 행사이기도 했던 셈이지요. 나도, 또 친구들도 꽤 여러 집
에서 누나들이 동행한 터라 여러 식솔이 모여서 점심을 먹고 기념사
진을 찍게 됐어요. 드디어 사진관 아들이 아니라 아버지 사진사가
찍는 촬영 현장을 만났는데, 그 양반이 '자, 여기에 일렬로 서세요.'
하고 우리 일행을 한 줄로 세우데요. 그리고는 반(半) 우향우를 시키
더니 왼손을 앞 사람의 어깨 위에 올리라고 해요. 고개는 좌측으로
돌리게 만들었습니다. 우리뿐 아니라 다른 팀을 찍을 때도 아버지
사진사는 언제나 무엇인가를 요구했어요. 피사체를 아무렇게나 놓
아두는 게 아니라 자기 나름대로 머릿속에 어떤 틀을 가지고 있다가
대상이 그곳에 들어오도록 지시를 합니다. 이거야말로 아버지 사진
사가 의탁하고 있는 방법이 따로 있다는 증거겠지요? 그렇습니다.
아버지 사진사는 예술사에서 매우 권위 있는 방법 하나를 습득하여
피사체를 그 틀에 담고는 했는데, 그게 바로 근대 초기의 방법적 결
정판이라 할 고전주의였어요.

자, 근대적 사조의 최초의 전형적인 형태는 언제 출현했을까요?
그리고 그것은 어떤 지붕과 기둥과 서까래를 갖추었을까요? 고전주
의가 확립되는 건 17세기에서 19세기 초 봉건사회가 시민사회로 넘
어가는 시기였습니다. 그 본 고장이라 할 유럽에서 주로 귀족들이
예술 활동을 전담하고 있었죠. 그래서인지 상당히 귀족적인 사조였

어요. 이 고전주의는 지방 분권주의가 무너져가고 중앙집권적인 왕권에 의거하여 민족적 통일 국가와 시민사회가 이루어지는 절대주의 군주정치 아래서 귀족과 신흥자본가의 감수성을 반영했습니다. 고전주의 예술가들은 모든 사회계층과 개인의 이해관계는 민족적 통일국가의 이념에 복종하여야 한다고 생각하여 자기들의 작품에서도 절대주의 군주를 그 같은 이념의 체현자로 이상화하고, 봉건귀족과 신흥자본가 사이에서 발생되는 갈등관계도 절대주의 왕권에 의하여 조절될 수 있는 듯이 묘사했어요.

메모한 이야기를 하니 당장에 딱딱해지네요. 이론은 짧게 할게요. 고전주의라는 건 연극에서 삼위일체라는 아주 유명한 명제, 즉 시간의 일치, 장소의 일치, 행위의 일치 같은 틀을 만들어 예술의 발전에 큰 기여를 했어요. 말하자면 무대 오른쪽에서 등장한 사람이 한참 얘기를 하다가 담배를 사기 위해서 왼쪽으로 나갔다고 해요. 그이가 담배를 사가지고 돌아올 때 왼쪽에서 나타나야지 반대쪽에서 돌아오면 보는 사람이 얼마나 혼란스럽겠어요? 형상화에도 이런 유형의 규칙성, 이런 유형의 원칙들이 있다 하여 그러한 기준을 고전주의는 그리스 로마 신화를 기준으로 삼았습니다. 희극은 인간의 품위를 손상시키는 것으로 여기고 비극을 예술의 본령으로 생각하고, 하층민은 세상의 주역이 될 수 없다고 보고 장엄한 영웅 상을 중시하기도 했습니다. 우리 어릴 때 미술책에 나오는 중세유럽의 귀족 혹은 장군 상 같은 인물화들이 전부 고전주의 작품들이에요. 이 고전주의는 또 언제 어디서나 진리와 아름다움의 변함없는 기준으로 이성을 꼽장히 중시 했어요. 그래서 이성을 절대화하면서 이른바 이성의 눈으로 사회생활의 모든 법칙을 합리주의적으로 해석하려 했습니다. 그리하여 개인적인 것이나 풍속적인 것, 생활 세태적인 것은 모두 배격하고 국가적으로 큰 사건, 장엄하고 웅대한, 뭔가 비장미가 넘치는 것을 본령에 두었던 겁니다.

이렇게 말하니 아버지 사진사와는 가치관이 다른 게 아닌가 생각되죠? 가만히 보면 조금 전에 말한 사진사 아저씨도 그런 유형의 가치관이 확립되어 반드시 어떤 규범을 필요로 하고 있어요. 무엇이 세계의 본 모습이고 인간을 품위 있게 하는가 하는, 옛 윤리관이 그틀의 기초였습니다.

옛날 책자를 보면 개성 있는 작가도 저자근영을 올릴 때 얼마나 권위주의적인 모습을 하고 있는지 몰라요. 하나 같이 명함 사진처럼 생겨있지 않습니까. 정주영 회장이 대통령에 출마하기 이전의 선거 벽보들도 그렇게 생겼어요. 국회의원 선거도 7명, 8명, 12명까지 출마한 후보의 얼굴조차 벽보를 멀리서 보면 똑같이 생겼어요. 얼굴이 더 크고 작다는 차이만 있을 뿐 전부 눈 부릅뜨고 정면 바라보고 귀딱 나오게 어떤 유형의 틀을 가지고 있는 거예요. 이게 다 고전주의의 흔적들입니다.

고전주의는 그러나 거기에 큰 권위를 부여했던 위대한 틀 때문에 결국은 해체될 위기를 맞게 됩니다. 예를 들어볼게요. 사진사가 한 줄로 세워서 찍는 것을 시골 사람들은 아무 저항감 없이 전부 충실히 따랐습니다. 대표적인 사진이 초등학교 졸업 앨범 사진입니다.

이건 담임선생님이 일생에 한 번 밖에 찍을 수 없는 사진이라 해서 결석한 사람까지 다 데려오도록 친한 친구들을 골라 집으로 보냈어요. 제 기억에 그 한 컷 찍는데 꼬박 하루 걸렸습니다. 그렇게 다 모아서 교실 앞에서 사진을 찍느라 4열로 줄을 세웠습니다. 맨 앞줄은 무릎앉아, 두 번째 줄은 의자에 앉아, 세 번째 줄은 무릎을 굽혀서 섰습니다. 네 번째 줄은 키 큰 친구들을 세워서는 선생님까지 곁에 서서 떠든다고 잔소리하고 한 눈 판다고 꾸지람 했던 기억이 생생해요. 그리고는 피사체에게 자, 모두 손에 계란을 쥐듯이 하세요. 두 손을 재봉선 위에 올려요. 턱은 당기고, 눈은 15도 각도로 올려서 떠요. 하하, 왜 그랬는지 알겠죠? 사진관 아들처럼 콧구멍이 동굴처럼 크게 나오지 않게 하려고 그랬단 말이에요. 그렇게 해서 제대로 찍었느냐? 그렇습니다. 아주 잘 찍었어요. 그런데 치명적인 약점이 있습니다. 제가 나중에 애들 키우면서 보니까 네 살 다섯 살쯤 되면 옛날 제 모습을, 저도 식별하기 어려운 사진조차 애들이 다 맞춰요. 이게 아빠다, 이건 여기가 아빠다, 그런데도 초등학교 졸업식 때 찍은 사진에서는 못 찾습니다. 두 사람 눈 감은 이를 빼놓고는 모두 똑같이 생겼거든요. 한 학급이 온통 똑같은 남녀를 어떻게 구별할 수 있겠어요? 나중에 제가 광주로 고교 유학을 갔을 때 외지 친구들에게 보여줬더니 하나 같이 똑같은 반응을 보입니다. "너희 동네 애들은 다 똑같이 생겼어. 어쩜 이렇게 똑같냐?" 제 생각에는 우리 고향 친구들처럼 개성 있게 생기기가 쉽지 않은데, 그 시절의 사진을 본 친구들은 하나 같이 똑같다고 말합니다. 바로 고전주의의 치명적인 결함인 바 개성이 없는 겁니다. 이런 현상이 왜 생기는가 하면 고전주의 작품에는 개인의 이상과 내면이 드러나지 않기 때문이에요. 그 때문에 오래지 않아 강력한 도전이 출현하겠죠? 이제 그 이야기를 해볼까요?

낭만주의의 입구와 출구

생각해보면 이 도전은 동네 사진관 문화의 변천사와도 관련이 됩니다. 초등학교 시절이 끝날 때까지 제 고향 마을의 모든 사진은 아버지 사진사 혼자 독점을 해서 찍었어요. 그런데 얼마 안 되어서 사진관이 카메라를 빌려주기 시작합니다. 그것도 공짜로 얼마든지 쓰게 했으니, 중학교, 고등학교에 다니는 누나들이 틈만 나면 카메라를 빌려서 촬영소풍을 나가는 겁니다. 꽃이 피면 꽃밭을 찾아가고 낙엽이 지면 교정의 나무 밑을 독차지해요. 사진관에서는 그렇게 찍은 사진들을 현상하고 인화해서 돈을 받는 쪽으로 풍속이 달라졌어요. 그게 기존의 창작방법을 어떻게 흔들어놓는고 하면, 화사한 꽃밭에서 갑순이 누나와 을숙이 누나가 볼을 맞대고 사진을 찍어서는 두 사람의 모습을 꽃잎에 담아서 출력해 달라 하는 거예요. 어떤 누나들은 하트 모양에 자신들의 얼굴을 넣어서 '사랑' 이렇게 글씨를 새겨 넣고, 어떤 형들은 사내들이 좋아하는 축구공 모양에 얼굴을 넣어 '우정'이라고 새기는 겁니다. 바야흐로 신흥 신파의 시대가 열린 셈이에요. 이건 고전주의와는 굉장히 크게 다른 방식입니다. 피사체의 내면의 이상을 담으려고 노력한 것들이잖아요.

저도 그런 사진을 찍어봤어요. 중학교 수학여행을 부여로 갔습니다. 삼천궁녀가 떨어졌다는 낙화암에서 돌아 나오자 벼랑 꼭대기에 흑판 크기만 한 판넬 그림이 서 있던데 거기에 구름이 뭉게뭉게 피어오르는 게 꿈 같았어요. 곁에서는 원숭이 모양을 한 털조끼와 벙거지를 빌려줍니다. 그걸 걸치고 여의봉을 들면 딱 손오공 같은 모습이 되는 거예요. 그래, 제 친구들이 신기했는지 다투어 짝퉁 손오공 사진을 찍는 겁니다. 다들 내면에 감추어둔 이상을 드러내고 싶었겠지요. 그래봐야 전라도 시골 장터의 막걸리장사 셋째 아들에 불과한 저도 제법 근사한 손오공의 사촌쯤 되는 모습을 남겼어요. 현실은 누추해도 마음만은 동화 속 소공자의 주인공 같은, 혹은 어린 왕자의 주인공 같은, 아니 손오공 같은 그 무언가가 되고 싶은 이상을 지녔다는 걸 다름 아닌 세상에게 보여주고 싶었던 것 같아요. 심란하죠? 이렇게 규범화된 틀이 아니라 꿈과 이상을 보여주려고 하는 유파를 낭만주의라고 합니다.

고전주의의 토대가 규범이었다고 한다면 낭만주의의 토대는 상상입니다. 먼 과거나 먼 미래를 꿈꾸는 방법이지요. 고등학교 때 교지 편집을 하면서 이런 작품을 셀 수 없이 만났던 기억이 나요. "바람, 너는 원생대를 떠나온……, 시생대의 발자국 소리……. 스칸디나비아라고나 할까 아라비아라고나 할까……" 하는 투의 가보지도 않고 눈 앞에 존재하지도 않는, 막연하고 아득한 것들을 그리워하는 글들 말이에요. 자신이 놓여 있는 자리가 아니라 아득히 먼 곳에 있는 무엇인가에 닿아보려고 노력하는 현상은 현실에 대한 불만 때문에 생겨난 거겠지요?

유럽에서 낭만주의는 계급사회의 모순이 격화되는 시기에 발생, 발전하였습니다. 낭만주의자들은 당대 사회가 빚어낸 모순과 불합리를 없앨 수 있는 방도를 알지 못하여 창작에서 현실적이며 생활적인 사실에 의거하는 것이 아니라 자기가 염원하고 갈망하는 생활을 반영했다고 합니다. 그러니 낭만주의 작품들에는 작가의 주관적인 열정과 희망이 강하게 배어날 수밖에 없어요. 문학의 요체는 성격창조라 했지요? 낭만주의 작품의 주인공들은 당대를 살아가는 현실 인간이 아니라 이상화된 인물이었어요. 그런 성격은 보편적 상황이 아니라 예외적인 환경에서 창조되는데 그러다 보니 자주 작가의 주관적인 열정이 공상이나 환상의 형식으로 드러나곤 했어요. 뼈대가 현실의 논리보다도 작가의 주관적인 의도에 치우쳐 있으니 묘사 수법도 상징법, 비유, 심한 과장, 날카로운 대조, 예외적인 갈등, 격동적인 언어, 자유분방한 서정 등으로 인한 감정과잉이 많았어요. 예를 들어볼까요?

이제 나는 쓰리라

사람들이 주고받는 모든 언어 위에

조국은 하나다 라고

탄생의 말 옹아옹아로부터 시작하여

죽음의 말 아이고아이고에 이르기까지

조국은 하나다 라고

갓난아기가 엄마로부터 배우는 최초의 말

엄마 엄마 위에도 쓰고

어린아이가 어른들로부터 배우는 최초의 행동

아장아장 걸음마 위에도 쓰리라

조국은 하나다 라고

　김남주의 시「조국은 하나다」의 일부입니다. 탄생하는 아이의 응아하는 울음 위에 어떻게 글씨를 씁니까? 황당 그 자체라 할 수 있어요. 그럼에도 불구하고 낭만주의가 인류의 예술사, 특히 문학 중에서도 시의 역사에 미친 영향은 아주 지대합니다. 보들레르, 랭보의 출현과 함께 전 지구적 영향력을 행사하는 현대시의 구조가 확보되었으며, 고전주의에서 낭만주의로 이월하는 동안 엄청난 문화사적 변동을 동반시켰습니다. 한국 시단에 미친 영향도 대단해서 김지하의「오적」,「비어」,「앵적가」등 담시들이 우리의 미학적 아이덴티티를 찾는데 엄청난 영감을 주었어요. 여기서 유의할 것은 낭만주의 자체는 진보적이지도 보수적이지도 않다는 사실입니다. 미래지향적인 낭만주의는 진보적인 작용을 할 것이고 과거지향적인 낭만주의는 보수적인 작용을 할 겁니다. 둘의 공통점은 현실에 대한 불만이겠죠? 결국, 낭만주의는 사회비판적일 수도 있고, 퇴행적일 수도 있지만 중요한 것은 자기감정을 증폭시키고 과장하면서 격렬하게 감정을 드러낸다는 겁니다. 순하고 부드러운 시들도 마찬가지예요. 예전의 중등 교과서에 실린 신석정의 「어머니 당신은 그 먼 나라를 아십니까」 같은 시도 그렇잖아요.

낭만주의의 입구를 이해하고 나면 금방 출구도 보입니다. 그 입구에서 사진 이야기를 했으니 출구도 그쪽에서 찾아볼게요. 눈여겨 살펴보세요. 일제 강점기의 저자근영은 두 귀가 반드시 나오게 찍혔죠. 조선시대 초상화도 '좌안 팔푼'이던 때가 있었는가 하면 '우안 칠푼'이던 때가 있었어요. 오른쪽 뺨 칠십 퍼센트가 나올 때의 모습이 더 품위 있는지 왼쪽 뺨 팔십 퍼센트가 나올 때의 모습이 더 품위 있는지 저는 모르지만 하여튼 조선시대에 그런 규범과 틀이 있었던 거예요. 그런 규범적 사고가 오래도록 잔존하다 한 번 바뀌기 시작하자 저자근영에도 파이프를 든 사진이 나오기 시작합니다. 사진 속에 담배연기가 담기는가 하면 빵떡모자 같은 것도 등장해요. 낭만주의 바람이 마구 부는 거지요. 그런데 이게 범람하면서 야기되는 문제가 뭔가 하면, 너무 주관적이다 보니 비전문가들이 알아보기가 어렵게 되더라는 거예요. 예를 들어서 인상파 화가들은 해지는 노을 속의 나무를 붉은 색으로 칠했습니다. 나뭇잎은 당연히 푸른빛인데 붉은 색으로 그리게 되면 저의 어머니 같은 분들이 불평을 합니다. "나무가 왜 이렇게 빨갛다냐?" 이렇게 현실의 모습과 너무 다르기 때문에 납득하지 못하게 되는 거예요. 실감의 보편성을 얻지 못합니다. 여기에 낭만주의의 곤혹과 딜레마가 있습니다. 그래서 다시 새로운 도전에 직면합니다. 근대가 심화되면서 귀족이 아닌 시민이 역사의 전면으로 부각되면서 세상살이와 예술에도 관여하고 개입하게 되는데, 그들의 감수성에 안 맞았던 거예요. 이 거창한 변화를 타고 발자크 시대에 이르면서 리얼리즘이라고 하는 아주 막강한 조류가 출현하게 되거든요.

리얼리즘의 특징은 두 가지로 요약될 수 있어요. 하나는 세부를 진실하게 그린다는 점입니다. 이 점은 앞에서 설명이 되었으니 생략할게요. 그런데 경험한 대로 그렸다, 세부가 진실하다는 것만으로는 그것이 자연주의와 식별되지 않아요. 또한 그것이 객관세계의 진실이라고 말할 수도 없겠죠? 왜냐하면 현실 속에는 경험을 믿지 못할, 어떤 측면에서는 경험한 사실이 오히려 진실의 왜곡이 되는 수많은 사건, 사고들이 있기 때문입니다. 조금 엉뚱한 에피소드입니다만 우리 사회에도 한때 인신매매단이 아주 많았어요. 제가 대학생들에게서 그에 대한 유머를 들은 게 있어요. 자신이 못생겼다고 늘 슬퍼하는 여성이 있었대요. 사람들이 못생겼다고 깔깔대곤 해서 자존심이 굉장히 상해 있는데, 어쩌다 그만 인신매매단에게 붙들렸어요. 그런데 그 나쁜 녀석들이 여성을 찬찬히 뜯어보더니 못생겼다고 그만 보내더래요. 얼마나 속이 상하던지, 돌아와서 비관한 나머지 자살을 하고 말았습니다. 이야기의 발상이 너무나 뚱딴지같죠? 어처구니없어서 웃게 하자는 전략이에요. 그런데 세상에는 이런 유형의 일이 반드시 일어나지 않는다고 볼 수도 없어요. 사람이 여럿 모이면 온갖 일이 다 일어납니다. 이 이야기는 인신매매단 현상의 가장 큰 피해자가 누구인지, 그것이 무엇을 의미하는지를 알아볼 수 없게 교란

시키는 역할을 하잖아요. 마치 인신매매단에게 끌려가는 게 더 좋을 것 같은 느낌이 들도록.

그렇다면, 세계의 진실을 왜곡되지 않게 반영하는 것이 리얼리즘의 핵심이라면 또 하나의 중요한 요건이 출현하지 않을 수 없습니다. '전형'이라고 하는 것. 세부를 진실하게 묘사하되 전형성을 가지고 있어야 사회생활의 본질을 깊이 있게 반영할 수 있다는 것이죠. 사실은 이게 소설사의 중심 기둥을 이루고 있습니다. 유럽의 발자크나 스탕달 같은 거장들 외에도 러시아의 대가들, 예컨대 도스토예프스키, 톨스토이 같은 작가들이 이 점에서 아주 높은 전범을 보였어요. 특히 사회변혁 운동이 왕성하게 일어나는 시기에 리얼리즘은 하나의 드높은 정신적 가치로 받아들여져 아주 치열하게 추구되었습니다. 그러면서 진보적 세계관의 간섭을 받으며 거듭 진화의 길을 걷습니다. 가령 톨스토이의 시대가 고리키의 시대로 옮겨가는 거죠. 이 둘의 차이가 어떻게 다른가 하면, 좀 가까운 예를 들자면 우리나라 1980년대 문학에서 양귀자와 방현석의 차이를 비교하면 알 수 있어요. 둘 다 리얼리스트라는 점에선 똑같아요. 그런데 양귀자의 「원미동 사람들」의 리얼리즘과 방현석의 「새벽 출정」의 리얼리즘은 상당히 다른 특성을 가지고 있어요. 양귀자의 소설이 현실에 대한 비판의식을 담고 있다고 말한다면 방현석의 소설은 그것을 토대로 사회변혁의 방향성을 담고 있어요. 자, 여기에서 양귀자의 소설을 비판적 리얼리즘이라고 합니다. 비판적 리얼리즘은 리얼리즘 발전의 일정한 단계에서 발생하여 자본주의 사회의 부패상과 모순이 드러나고 그것을 반대하는 민중의 투쟁이 일정 수준에 오른 시기에 진보적인 예술가들에 의하여 발전하였습니다. 그들은 앞선 시기의 진보적인 예술의 경험과 성과를 기초로 자본주의 현실을 예리하게 해부하고 그 모순과 불합리성을 비판, 폭로하는데 지대한 관심을 둡니다. 그리하여 자본의 무제한한 권력과 불합리한 계급사회의 현실 속에서 기형화되고 희생되는 인간들의 운명을 진실하게 보여줌으로써 당대 현실이 낱낱의 인간에게 끼치는 영향을 매우 생동감 있는 화폭으로 재현하는 예술적 성취를 거두었습니다. 그러나 그렇게 해서 성장한 비판적 리얼리즘은 현실 반영에서의 구체성과 생동성, 사회적 모순과 부정에 대한 예리한 비판정신에도 불구하고 사회 변혁에는 큰 영향을 미치지 못했습니다. 왜냐면 변혁적 전망, 즉 '그렇다면 세계가 어떻게 바뀌어야 하는가' 하는 점을 보지 못했기 때문입니다. 바로 이것을 설명하기 위하여 비판적 리얼리즘과 그 이후의 리얼리즘, 사회주의권에서는 사회주의적 리얼리즘이라 하고 우리나라에서는 민중적 리얼리즘, 또는 제3세계적 리얼리즘이라고 하는 작품들이 출현하는 것입니다. 요약하면 이렇게 되겠네요. 둘의 공통점은 세부의 진실성과 전형성, 차이점은 현실 비판과 미래 전망이라 해도 되겠죠? 1980년대 후반의 방현석 소설은 미래 전망 때문에 당대 젊은이들에게 열화와 같은 갈채를 얻게 됩니다. 그러나 그것이 지나치게 작가의 신념과 의지에 뒷받침되어 있어서 더러 이데올로기적이라는 비평 또한 듣지 않을 수 없었어요.

리얼리즘이 이렇게 치열하게 쇄신해가는 동안 그 무겁고 엄숙한 형식에 반발하는 또 하나의 중요한 조류가 출현합니다. 말 그대로 근대를 표제어로 달아서 근대주의라고 이야기됐던 모더니즘입니다. 모더니즘은 너무나 많은 경향들이 존재해서 그것들을 하나의 개념으로 명명하고, 또 그 특징으로 내세울 공통점을 찾아낼 수 있는지 의문을 표시한 학자들이 많습니다. 교과서에서는 어떻게 가르쳤는가 하면 시 속에 근대적 어휘가 출몰하는 걸 모더니즘이라 했어요. 사지선다형으로 시험 볼 때의 식별법은 아주 쉬워요. 예를 들어서 넥타이, 카페, 철길……. 이런 거 다 근대 어휘이지요? 그게 들어 있으면 모더니즘이라 했어요. 반대로 '성황당' '박달재' '물레방아 뒷전에서 맺은 언약' 이런 것은 모두 신파의 감정에 속해요. 그것들이 끼어 있으면 모더니즘과 다른 거라 봤어요. 그래서 그것들과 철저하게 구별되면서, 당대적 감각과 도회적 감수성을 잃지 않으려 하는 창작방법이 모더니즘이라는 겁니다. 어때요? 좀 이상하죠? 제가 생각해도 상당히 어색한 해석입니다. 다시 설명해 볼게요.

문학의 본질은 '비반복성'에 있다고 합니다. '낯설게 하기'가 굉장히 중요한 가치이죠. 그 때문에 리얼리즘의 모사(模寫) 편향과 대립되는 방법론으로서 모더니즘에 집착하는 작가들이 출현합니다. 리얼리즘이 세부의 진실성과 전형성을 중시했다면 모더니즘은 세련미를 중시하고 도회적 내면을 중시했어요. 모더니스트들은 고색창연해지거나 이데올로기를 앞세워 투박한 표현을 일삼는 것을 극단적으로 싫어했습니다. 특히 신파를 아주 맹렬하게 배척했어요. 혹시 근대 초기의 저잣거리를 누볐던 신파 '이수일과 심순애' 이야기를 들어

본 적이 있으세요? 심순애가 "수일씨, 가지 마세요." 하고 흐느끼자 이수일이 "놔라, 두 손가락 사이에서 반짝이는 다이아몬드에 눈이 멀어 김중배에게 시집을 갔더란 말이냐." 뭐 하여튼 그러면서 감정 과잉이 극단화된 변사가 나와서 "그랬던 거이었던, 거이었던, 거이다." 하는 흉내는 훗날 두고두고 코미디의 소재가 되었어요. 일제 강점기에 근대 문물과 함께 우리 고유의 정서적 틀을 무너뜨리고 들어온 파도처럼 서양식 감수성에 의한, 그러나 서양식 품위는 없고 저급한 대중문화적 감수성만 살아서 뭔가 도그마적인 감정 상태에 빠지게 하는 것을 신파라고 부릅니다. 이것을 모더니스트들이 견딜 수 없겠죠. 그러니까 모더니즘은 식상한 것, 익숙한 것과의 결별을 자기 예술의 생명으로 삼았어요. 굳이 말하자면 그것이 '낯설게 하기'의 본령이라 생각한 때문이었겠죠.

자, 저는 지금까지 유럽에서 발생한 창작방법들을 설명했습니다. 어떻게 하면 조금 쉽게 이해할 수 있을까 하고 생각하다 보니 그 특징들을 조금 과도하게 단순화시킨 측면이 있습니다. 그런데 더욱 유의할 점은 이것들이 사실은 모두 서구 미학의 산물이라는 점입니다. 왜 그런가 하면, 예를 들어서 이문구의 『관촌수필』은 어디다 배치해야 하는지 알 수 없기 때문입니다. 낭만주의라 해야 할까요, 리얼리즘이라 해야 할까요? 리얼리즘적 성과에 주목할 수도 있지만 『관촌수필』의 매혹 중에는 낭만주의적 태도에서 오는 끝없는 회한도 과소평가할 수 없어요. 근대 산업화가 유교적 촌락이라 할 토착적 공동체 하나를 해체해가는 과정, 그리고 분단사회가 겪는 좌우갈등과 이념대결, 또 거기에서 발생된 역사적 상처와 슬픔의 주조를 저는 비(非)유럽적인 것으로 보고 있어요. 끝없이 사라져 가는 과거, 그 한 없는 아쉬움을 봉건제적인 삶의 틀이라고 말해도 되는 걸까요? 이 문구의 방법에서 표면적으로 드러나는 것은 과거에 대한 아쉬움일 것 같지만 그 속살은 온전성에 대한 그리움으로 가득 차 있죠. 세상 의 변화가 자연적인 흐름에 기인하는 게 아니라 분단으로 기형화된 체제 반쪽의 강압적 근대화에 의거할 때 공동체 하나가 무참하게 해 체당하는 과정에서 개인의 삶이 형해화되는 것을 회상적 소설적 방 법론 그 자체로 이미 저항하는 형식이 되어 있죠. 그래서 앞서 열거 한 창작방법들의 문제를 생각할 때마다 그것이 애오라지 서구 예술 이 전형적으로 거쳐 온 사조라는 것, 또 지금 우리는 근대를 극복하 면서 탈근대를 준비해야 되는, 그래서 그 전체가 송두리째 변화되는 시점에 놓여있다는 것을 간과하지 말아야 한다는 점입니다.

앞 번에 문학의 양식과 갈래 문제를 이야기하면서 빠뜨린 게 있는 데, 오늘은 딱 한 가지만 말씀드리고 지나갈까 합니다. 리얼리즘과 모더니즘은 근대를 대표하는 문예사조이고 창작방법인데 이 두 개 가 가지고 있는 리얼리티와 모더니티의 가치는 아주 중요합니다. 작 품은 물체를 그렸든 환상을 그렸든 실감의 질을 확보하는 것이 필수 적입니다. 작품의 생명에 속하는 것이 그 실감이라 해야 할 거예요. 문제는 그게 현실의 겉모습을 추적한다고 해서 확보되는 게 아니라 는 겁니다. '어린 왕자'가 현실 속에 있습니까? 그런데 저만 그랬을까 싶은 게, 사춘기 때 처음 『어린 왕자』를 읽고서 얼마나 여러 날을 정신을 차릴 수 없었는지 몰라요. 어린 왕자가 마지막 소멸해 가는 장면이 너무 슬퍼서 깨어날 길이 없었습니다. 신파에 빠져서 허우적이거나 옛날에 섭렵하고 지나온, 지나치게 익숙한 수법을 쓰고 또 쓰고 하면 얼마나 식상합니까? 문화적 기후변동은 언제나 새로운 것을 찾아서 움직이거든요. 그렇게 놓고 보면 리얼리티와 모더니티는 영원한 맹방에 속하는 것인지 모릅니다. 그렇다면, 예술에서 리얼리티와 모더니티를 확보하는 것은 거의 항구적인 숙제에 속하는 셈인데 '나는 모더니스트니까 리얼리티에 관심 없어.' '나는 리얼리스트니까 모더니티에 관심 없어.' 하는 게 얼마나 우스꽝스럽겠어요. 창작 방법에 대해서 편향된 공부를 했을 때 이런 경향이 나타난다고 봅니다. 리얼리티와 모더니티의 동시 극복, 동시 성취를 놓치고 어느 하나를 강조하다 보면 자칫 문학정신이 방법의 도구가 되어서 '이즘'에 사로잡히는 게 아닌가 해요. 흔히 '이즘'을 경계하는 데에는 그만한 이유가 있어요. 여러분들은 글을 쓰면서 리얼리즘 혹은, 모더니즘에 대한 관심이 모더니티 혹은 리얼리티의 거부로 직행하게 되는 것을 끝없이 회의하고 경계하라고 말씀드리고 싶습니다. 이야기는 일단 여기까지 할게요.

지은이 김 형 수

1959년 전라남도 함평에서 태어났다. 1985년 《민중시 2》에 시로, 1996년 《문학동네》에 소설로 등단
했으며 1988년 《녹두꽃》을 창간하면서 비평 활동을 시작했다. 다양한 장르를 넘나드는 정열적인 작품
활동과 치열한 논쟁을 통한 새로운 담론 생산은 그를 1980년대 민족문학을 이끌어온 대표적인 시인이
자 논객으로 불리게 했다. 시집 『빗방울에 대한 추억』, 장편소설 『나의 트로트 시대』, 『문익환 평전』, 『조
드-가난한 사람들 1, 2』, 소설집 『이발소에 두고 온 시』, 평론집 『반응할 것인가 저항할 것인가』 외 다수
와 고은 시인과의 대담집 『두 세기의 달빛』 작가수업 시리즈 『삶은 언제 예술이 되는가』『삶은 어떻게 예
술이 되는가』 등의 저서가 있다.

작가수업 1
삶은 언제 예술이 되는가

2014년 6월 9일 초판 1쇄 펴냄 | 2021년 10월 20일 초판 9쇄 펴냄

지은이 김형수 | 펴낸이 김재범 | 편집장 김형욱 | 편집 신아름 | 관리 박수연, 홍희표
인쇄·제본 굿에그커뮤니케이션 | 종이 한솔PNS | 디자인 나루기획
펴낸곳 (주)아시아 | 출판등록 2006년 1월 27일 | 등록번호 제406-2006-000004호
전화 031-955-7958 | 팩스 031-955-7956
주소 경기도 파주시 회동길 445
이메일 bookasia@hanmail.net
홈페이지 www.bookasia.org
페이스북 www.facebook.com/asiapublishers

ISBN 979-11-5662-021-1 03800

* 값은 뒤표지에 표시되어 있습니다.

이 도서의 국립중앙도서관 출판시도서목록(CIP)은 서지정보유통지원시스템 홈페이지
(http://seoji.nl.go.kr)와 국가자료공동목록시스템(http://www.nl.go.kr/kolisnet)에서
이용하실 수 있습니다. (CIP제어번호 : CIP2014010555)

최근에 발표된 단편소설 중 가장 우수하고 흥미로운 작품을 엄선하여 출간하는 〈K-픽션〉은 한국문학의 생생한 현장을 국내외 독자들과 실시간으로 공유하고자 기획되었습니다. 원작의 재미와 품격을 최대한 살린 〈K-픽션〉 시리즈는 매 계절마다 새로운 작품을 선보입니다.